Midwinter Chroniken II
Die Götter der Elfen

AF191286

Widmung

Erhelle mein Herz, denn dort lebt die Dunkelheit. Strahle für mich. Denn dieser düstere Spiegel meines Ichs kann nur leuchten, wenn Dein Licht auf ihn fällt. Düsternis wird weichen und ein Lächeln wird mit zahlreichen vergolten. Dir ist dies gewidmet.

Über den Autor

Oliver Szymanski wurde in Dorsten in Nordrhein-Westfalen geboren. Parallel zum Abitur arbeitete er bereits als Selbstständiger im IT-Bereich. Er hat seinen Wehrdienst in einem Nato-Fernmelderegiment geleistet. Begleitend zu seiner Tätigkeit als IT-Berater studierte er Informatik an der technischen Universität Dortmund. Er ist als Dipl. Informatiker für Unternehmen als Berater, Trainer und Software-Architekt tätig. Privat skatet und snowboarded er gern, mag Kinogänge und Rollenspiele. Bereits seit dem zwölften Lebensjahr schreibt er Geschichten in seiner Freizeit, die zwar in sich abgeschlossen sind, aber bedeutsame Facetten eines eigenen Universums widerspiegeln. Über die Jahre hinweg ist er dazu übergegangen, statt der anfänglichen Kurzgeschichten vollständige Romane zu verfassen.

Oliver Szymanski

Midwinter Chroniken

Die Götter der Elfen

Bibliografische Information Der Deutschen Bibliothek:
Die Deutsche Bibliothek verzeichnet diese Publikation in der
Deutschen Nationalbibliografie; detaillierte bibliografische
Daten sind im Internet über <http://dnb.ddb.de> abrufbar.

Die vorliegende Geschichte ist rein fiktiv. Jede Nennung von realen Personen ist rein zufällig.

© 2011 Oliver Szymanski
Umschlaggestaltung: Oliver Szymanski
Herstellung und Verlag: Books on Demand GmbH, Norderstedt
ISBN-13: 9783842377004

Mehr zum Roman unter: <http://www.oliver-szymanski.de>

DANKSAGUNG

Vor so langer Zeit bin ich gestorben.
Jetzt lebe ich.

Ich Danke

Cäcilie

Dafür einem Jungen
als der Mensch zur Seite
zu stehen, den er dringend
Benötigt hatte.

Du hast mich mit geleitet
Und mich in diese Zeit geführt.
Angeleitet Fragen zu stellen
Und Antworten zu hinterfragen.

Jeder Traum ist wunderbar,
denn er lässt mich der Welt entfliehen.

PROLOG

Die Gäste der Taverne verstummten, als die Elfenfrauen eintraten. Der Barde sangt weiter und spielte auf seiner Laute. Während die Elfen sich einen Weg durch die Menge nach hinten zu den Tischgruppen bahnten, mussten sie es sich gefallen lassen, angetatscht zu werden.

„Elfenabschaum ist hier gern gesehen. Wie wäre es, wenn Ihr mehr von Euch zeigt!"

Die jüngste unter den Elfenfrauen, noch ein Mädchen, schaute schüchtern zu dem jungen Mann, einem Menschen, der die Bemerkung laut in den Raum geworfen hatte. Die anderen Elfen versuchten weiterzukommen. Der junge Mann hielt das Mädchen an, als die beiden Frauen bereits an ihm vorbei gegangen waren.

„Ich kann Dir zeigen, wo Du hingehörst, Elfensau. Weit nach unten."

Die Gäste lachten einstimmig. Einige der Frauen sahen mit verzogenen Lippen beiseite. Sie hatten kein Mitleid mit den Elfen, sondern waren verstimmt, dass sie trotz des Hasses die Aufmerksamkeit der Männer erregten. Das Mädchen war beinah so groß, wie der Mann vor ihr. Ausgewachsen würde sie ihn wohl überragen.

Eine Gruppe von älteren Männern an einer der Tischrunden hinten zogen ihre Schwerter und Äxte und polierten sie ruhig. Sie wussten, dass in den meisten Fällen diese Drohung ausreichte, so dass Elfen kooperierten und es ein schöner Abend wurde.

„Die Elfen wissen bereits, wohin sie gehören", erwiderte ein frisch in die Taverne getretener Gast und pfiff leise zur

Musik des Barden, die lediglich sehr selten verstummte.

„Dann prüfen wir, wie weit sie das verinnerlicht haben", meinte der junge Mann mit gierigem Augen auf das Mädchen, packte sie an den Haaren und zwang sie auf die Knie. Die beiden Elfendamen waren mittlerweile an einem Tisch stehengeblieben. Die sehr schwach wirkende Elfe mit goldenen Haaren setzte sich, während sich die andere zu ihr beugte. Während das Mädchen und die sitzende Elfe in Lederkleidung reisten, trug die letzte Elfe eine staubige rote Robe.

„Die anderen können gern versuchen das zu prüfen, Du aber sicher nicht."

Der neue Gast trat näher, und die Augen des jungen Mannes fuhren kurz von dem Mädchen zu ihm. Die dunkle Rüstung machte bei den Bewegungen kein Geräusch. Schließlich konnte man das Emblem seiner Familie auf den schwarzen Platten seiner Rüstung sehen. Selbst hier auf Eyvengro, einer Welt des Elmbundes kannte man das Wappen. Armeen hatten Teile des Landes nahe der Mondtore unter diesem Banner angegriffen und Vieh geraubt.

„Glaubst Du ein hergelaufener Soldat darf so mit mir sprechen?"

„Keine Ahnung, ob ein hergelaufener Soldat das darf, und wir werden es nie erfahren."

Ganz anders als die meisten Krieger zog dieser Gast sein Schwert nicht um sich kampfbereit zu machen, sondern hieb in derselben Bewegung zu. Der Sohn des Dorfvorstehers verlor seinen Kopf, während das Schwert bereits gesäubert zurück in seine Scheide glitt.

„Steh auf, Inaa, und geh nach hinten."

Die Männer mit den frisch polierten Waffen hielten diese

jetzt zur Attacke bereit in ihren Händen. Sie waren aufgestanden, und die restliche Menge in der Taverne gab ihnen den Raum frei. Der Mensch in der Plattenrüstung pfiff wieder leise und schlenderte in Richtung der Tischgruppe mit den Elfen. Das Mädchen ging vor ihm her.

„Wirt, bringt uns eine Auswahl des besten Essens und Wein. Ich habe wenig Geduld."

Die Gruppe der Bewaffneten wirkte leicht irritiert, dass er sie nicht weiter zu beachten schien. Dann hielt der Mann in seiner Bewegung inne.

„Ihr wagt es doch nicht etwa, Eure Waffe gegen einen Midwinter zu richten?"

Der Wirt hatte bislang nicht reagiert, doch jetzt zählte er in einem Überlebensinstinkt schnell eins und eins zusammen und eilte in die Küche. Der Mann dort trug nicht einfach das Emblem der fremden Armee, sondern er gehörte zur Herrscherfamilie der fernen Welt. Einer gefürchteten Welt. Die Männer brauchten einen Augenblick länger, dann senkten ein paar von ihnen die Waffen.

„Dafür verlange ich den Tod von einem unter Euch. Lasst Euch nicht zu lange Zeit. Sollte ich danach jemals wieder von Euch hören oder Euch sehen, töte ich Euch."

Kaylon Midwinter ging zu den Elfen und setzte sich entspannt an den Tisch. Die Männer zögerten nicht lange, dann stachen sie blitzschnell auf einen von ihnen ein. Sie schleppten beide Leichen hinaus und verschwanden. Der Wirt brachte einige kalte Speisen und den Wein. Er entschuldigte sich, dass das warme Essen noch frisch zubereitet wurde. Dann bemerkte er kleinlaut im Flüsterton zu dem Mann am Tisch der Elfen: „Entschuldigt, Lord Midwinter, aber der Junge war der Sohn des

Dorfvorstehers."

Der Wirt wollte weiterem Ärger in seiner Taverne vorbeugen. Er begann bereits wieder zur Theke zu eilen, als Kaylon ihn am Arm festhielt: „Der Junge starb, weil er die Elfe berührt hat. Das war Gerechtigkeit. Für mein Recht auf Rache sollte ich seine Familie töten. Sagt das dem Dorfvorsteher. Bereitet uns ein Zimmer für die Nacht und lasst unsere Pferde versorgen."

Als der Wirt gegangen war, sah Kaylon besorgt auf die geschwächte Elfe. Das Elfenmädchen namens Inaa griff bereits bei den Speisen zu.

„Wie geht es Tajana?"

„Sie wird wieder. Ich heile sie in dieser Nacht", sagte die Elfe in der Robe und sah ihn mit einem Blick an, der zu sagen schien „Musste das sein, Kaylon?"

Er antwortete auf die nicht geäußerte Bemerkung: „Ich werde Euch hier schützen, Aminar. Und das war der Weg der Midwinter."

DAS GESETZ DER MIDWINTER

Kaylon schlief im Stuhl, den er an das einzige Fenster gestellt hatte. Die Tür des Raumes hatte er abgeschlossen und die Kommode davor geschoben. Am Morgen erwachte er aus seinem leichtem Schlaf, als Inaa kurz über seine Wange strich. Aminar lag noch bei Tajana im Bett. Die druidische Magierin sah zu ihnen herüber, aber bewegte sich nicht, um Tajana nicht zu stören. Inaa räumte leise ihre Schlafstätte vom Boden vor dem Bett beiseite, während Kaylon sich streckte. Er trug noch immer seine Rüstung.

Das Anaar hatte seine Atrîsh sichtlich geschwächt. Auch wenn sie sich tagsüber stark gab, war sie nicht im Besitz ihrer Kräfte. Kaylon hatte sich wie immer nach der Berührung des Anaars besonders kraftvoll gefühlt. Aber die Erinnerungen an die Schmerzen hatten sich ebenso in seinen Geist gebrannt.

Durch eine Mondpforte bei einer extrem seltenen Mondkonstellation hier auf Eyvengro, hatte Kaylon das Anaar gesehen. Und berührt. Die Elfen hatten ihn hergeführt, damit er dem Anaar näher kommen konnte. Es war eine wichtige Erfahrung für ihn. Tajana hatte die Schmerzen für ihn kompensiert. Sie würde einige Zeit zur Regeneration brauchen.

Kaylon nickte Aminar zu, hob die Kommode gemeinsam mit Inaa an, und sie machten die Tür frei. Kaylon verließ den Raum und trat hinunter in die Gaststätte. Der Wirt grüßte ihn nervös, aber Kaylon ignorierte den Mann. Er verließ die leere Taverne und betrat das Dorf Dephan. Der kleine Ort war nach dem Mond Dephanies von Eyvengro benannt, der

Secundo bei Kaylons Geburt gewesen war. Die Monddeuterei behauptet, mit Hilfe des Mondpaten und des Secundo der Geburt kann man die Zukunft eines Kindes vorhersagen. Die Midwinter glaubten nicht daran.

Der trainierte Kämpfer spazierte durch das muntere Dorf. Anders als auf Midwinter hatten die Orte auf Eyvengro, dass aus menschlich geprägten Königreichen bestand, das Recht sich zu verteidigen. Dephan war von einer hölzernen Wehrmauer umgeben, das Stadttor war aber in diesen halbwegs friedlichen Zeiten lediglich spätnachts geschlossen. Die Dorfbewohner beobachten ihn wachsam. Sie wussten mittlerweile sicher alle, wer er war. Und was am Vorabend geschehen war. Das war gut so. Respekt musste man sich erarbeiten. Kaylon war ein Meister darin, dies schnell zu tun.

Er nutzte den langen Vormittag um die Pferde beim Hufschmied kontrollieren zu lassen. Er besorgte sich einen neuen Schleifstein für seine Waffe und ein kleines Schild beim Rüstungsschmied. Zwar führte Kaylon sein Schwert oft mit beiden Händen, oder nutzte gern den Parierdolch in der zweiten Hand zum Abwehren und für heimliche Attacken, aber er wollte für alle Situationen gewappnet sein. Es war ein runder mit Eisennieten besetzter Schild.

Als Kaylon am frühen Nachmittag wieder in das Wirtshaus ging, war es noch immer leer. Die Bewohner schienen keine Lust zu haben, die Taverne zu betreten, so lange sich dort bestimmte Gäste aufhielten. Der Wirt putzte möglichst unauffällig die Theke, als Kaylon eintrat. Höflich fragte der Mann: „Möchtet Ihr etwas Essen? Eure Begleitung hatte bereits ein Frühstück und ein Mittagessen. Gern bereite ich Euch ebenfalls etwas."

Kaylon sah den Mann an und schüttelte bloß den Kopf. Dann ging er weiter die Treppe hinauf zu den Zimmern.

„Ihr habt Besuch mein Herr."

Kaylon wandte sich und starrte den Wirt energisch an.

„Fürst Roven Aycant. Eure Begleiter baten ihn herein", meinte der Wirt rasch, damit die Schuld nicht an ihm hängen blieb. Doch Kaylon beachtete ihn bereits nicht mehr, sondern hastete die Treppe empor und stürzte in sein Zimmer.

Inaa war nicht da. Aminar saß auf dem Holzstuhl am Fenster, auf dem Kaylon unbequem genächtigt hatte um möglichst wachsam bleiben zu können. Tajana saß aufrecht und angekleidet im Bett, ein Mann saß auf dem Bettrand und hielt ihre Hand. Der Fremde drehte sich langsam um, als Kaylon durch die aufgerissene Tür herein kam. Aminar sprach als erste: „Kaylon, das ist Roven Aycant, Tajanas Velaar."

Der Mann nickte Kaylon zu. Er schien ein wenig älter als Kaylon zu sein. Er hatte ein ernstes, erfahren wirkendes Gesicht mit filigranen Zügen, wie Kaylon irritiert bemerkte. Dazu eine sehnige Statur. Kaylon ignorierte ihn: „Wir sollten aufbrechen."

„Nein, Ihr seid hier sicher. Tajana wird sich einige weitere Tage ausruhen und genesen", bestimmte Roven. Kaylon musterte ihn noch aufmerksamer, als Aminar erklärte: „Fürst Aycant sorgt für unsere Sicherheit. Ihm gehört dieses Land."

„Das ist das Mindeste, was ich für meine Atrîsh tun kann. Ich habe den Wirt angewiesen, weitere Räume für uns zu bereiten. Wir können dann in ein Schlafgemach, Tajana. Der neue Velaar bekommt auch einen eigenen Raum."

Der Mann blickte wieder zu Tajana, die ihn mit offenen

Augen ansah. Sie hielt seine Hand fest.

„Tajana braucht Aminars Nähe", protestierte Kaylon übertrieben ruhig.

„Ich kann nichts mehr für sie tun, Kaylon. Ich habe ihr bereits genug Erneuerung geschenkt. Wir haben besprochen, dass ich mir einen Raum mit Inaa teile", unterstützte Aminar den fremden Fürsten.

„Wie habt Ihr uns gefunden?", fragte Kaylon misstrauisch und suchte seine Gefühle unter Kontrolle zu halten.

„Ein paar Freunde von mir waren gestern in dieser Taverne. Sie haben mir erzählt, dass sie von einem Midwinter gezwungen wurden, einen der ihren zu töten. Sie reisten noch in der Nacht zu meiner Festung, eine kurze Reise von hier. Ich kam her um nachzusehen. Auch aufgrund der Beschreibung meiner Freunde von den Elfen."

Der Mann beugte sich vor und küsste Tajana. Kaylon starrte die beiden an, bevor er nach einigen Sekunden fragte: „Freunde von Euch?"

Die Lippen lösten sich, und der Fürst erwiderte: „Es sind Tierhüter von den Feldern im Osten."

„Wo ist Inaa?", fragte Kaylon kalt.

„Sie ist mit meiner Hündin im Hof", sagte Tajana kurz angebunden. Kaylon wandte sich geschmeidig und verließ den Raum. Er fand Inaa im Hof des Gasthauses, einen umzäunten Bereich, in dem Kleinvieh in Boxen gehalten wurde und in dem sich auch der Stall für die Pferde befand. Inaa spielte mit Asha, Tajanas mächtiger Hündin. Doch Kaylon ignorierte das Paar und trat zu seiner schwarzen Meriha, einer temperamentvollen Stute. Das Tier stammte aus einem seltenen Pferdegeschlecht, in dem die weiblichen Tiere als besonders leistungsfähig galten. Der Ring der

Sha'anaar hatte sie ihm gegeben.

Kaylon sattelte das Tier, das früher am Tag noch beim Hufschmied gewesen war.

„Roven ist da, Kaylon."

„Ich habe ihn gesehen", bemerkte Kaylon zu Inaa, die ihn beobachtete.

„Was tust Du, Kaylon?", fragte das Elfenmädchen interessiert.

„Ich sattle mein Pferd", der Erbe der Midwinter war nicht gesprächig.

„Roven ist Tajanas erster Velaai", meinte das Mädchen, und Kaylon stoppte in den Handbewegungen, bevor er sich zwang weiterzumachen.

„Ich dachte es gibt nur einen Velaai", erwiderte er mit trockener Stimme.

„Gleichzeitig ja. Sie hat ihn letztlich freigegeben um ihn keinem Schmerz mehr zuzufügen. Er war Jahrzehnte lang ihr Velaai."

Er widerstand dem Reflex zu Inaa zu sehen: „Wie kann das sein?"

„Er ist ein Halbelf. Heutzutage nimmt der Ring meist nur Menschen als Velaaren auf, da diese aufgrund ihrer Lebenszeit dann nicht so lange dienen und den Schmerz ertragen müssen."

„Und sie hat ihn freigegeben?", bemerkte Kaylon während er ein letztes Mal die Befestigungen überprüfte.

„Ja. Die beiden waren sehr stark verbunden."

Kaylon sprang auf seine Meriha und meinte: „Öffne bitte das Tor."

Inaa trat zu der Verriegelung: „Wohin willst Du, Kaylon?"

„Bloß ein altes Gesetz befolgen und zu meinem Wort

stehen, Inaa", lächelte er das Mädchen mit kalten Augen an.

Es war später Abend, als Kaylon Midwinter zurückkehrte und sein Pferd in den Stall führte. Im Gastraum saßen die Elfen mit Fürst Roven Aycant. Der Wirt stand an der Theke bei einigen Menschen. Es waren vier Stadtwachen, sicherlich hatte der Fürst sie hergeordert. Die Frau des Wirtes brachte gerade einen gefüllten Krug unterwürfig an den Tisch des Fürsten. Inaa bemerkte Kaylon als erster, gefolgt von Aminar. Das Mädchen sprang erschrocken auf: „Was ist geschehen, Kaylon?"

Tajana sah zum Eingang und wollte von ihrem Sitz aufspringen, doch Roven hielt sie an der Schulter sanft auf ihrem Stuhl. Sie nickte ihm zu, dann sahen ihre blauen Augen wieder zu Kaylon.

„Dem Gesetz wurde genüge getan", sprach Kaylon leise und ging an den Stadtwachen vorbei, die ihn beäugten, aber möglichst unbeteiligt wirken wollten. Als sich Aminar erhob, fügte er an: „Bleibt sitzen, ich werde mich waschen."

Seine Rüstung war über und über mit Blut besudelt. Der Fürst aber stand auf und trat in Kaylons Weg: „Gebt Auskunft was geschehen ist."

Kaylon harderte mit sich, sein Gegenüber nicht anzugreifen. Letztlich schritt er an ihm vorbei, so dass er mit der Schulter den Fürsten anrempelte. Dabei bemerkte er mit tonloser Stimme: „Ich bin Kaylon Midwinter und Euch ohne Pflicht. Aber gern teile ich Euch mit", Kaylon war bereits am Ende des Gastraums angelangt und trat jetzt auf die Treppe, „dass dem Gesetz der Midwinter genüge getan wurde. Ich versprach Euren Freunden den Tod, wenn ich jemals wieder von ihnen hören würde."

Er verschwand oben im Gang.

NACHT IN DEPHAN

Kaylon hatte seine Rüstung ausgezogen und gereinigt. Jetzt wusch er seinen Oberkörper und säuberte die Hände, als Aminar zuerst an der Tür des Waschraumes klopfte und diese dann öffnete.

„Bist Du verletzt, Kaylon?"

„Nein", sagte Kaylon barsch.

„Du hast Rovens Freunde getötet?", fragte die Elfe mit sanfter Stimme.

„Ich hatte es ihnen gesagt", war Kaylons kühle Antwort.

Aminar trat näher, nahm das Tuch aus Kaylons Hand und klärte damit seinen Rücken vom Dreck.

„Du wolltest damit Roven verletzen. Du hättest die Leute nicht töten sollen", sprach sie freundlich.

„Will eine Atrîsh mir etwas über Barmherzigkeit und Gnade beibringen?", fragte Kaylon sie sehr gereizt. Beruhigend strich sie über seine Schulter. Inaa klopfte wie zuvor Aminar an der Tür: „Kaylon, ich habe den Wirt etwas Essen in Dein Zimmer stellen lassen. Das Zimmer am Gangende ist das Deine. Tajana bleibt in dem Raum von gestern, Aminar und ich sind im Raum daneben. Wir gehen jetzt schlafen. Alles ist sicher, Roven hat sich darum gekümmert. Seine Wachen bleiben unten im Gastraum."

Inaa ging nach ihren Worten wieder. Aminar reichte Kaylon das Tuch zurück und verließ ihn langsam. Sie schloss die Tür zum Waschraum hinter sich. Im Fackelschein presste Kaylon unnachgiebig das rot gefärbte Wasser aus dem Tuch, während er die quietschenden Holzbretter des Flurs vernahm. Die anderen gingen auf ihre Zimmer.

Als er den Waschraum verließ, sah er Asha im Flur kampieren. Die Hündin bewachte das Zimmer ihrer Herrin. Kaylon starrte die Tür an. Asha beobachtete ihn aufmerksam. Mit seiner Rüstung und der Waffe unter dem Arm ging er an der Hündin vorbei in sein Zimmer am Gangende. Es gab ein sehr kleines Fenster mit Ausblick Richtung Markplatz des Dorfes. Es stand offen um die angenehme Nachtluft hinein zu lassen. Kaylon legte seine Sachen beiseite und starrte nachdenklich hinaus. Aber es gelang ihm nicht einen sinnvollen Gedankengang zu führen. Gern hätte er das Gebäude noch einmal verlassen, aber er hatte keine Lust den Wachen zu begegnen. Dann sah er den Stein auf dem Kopfkissen auf seinen Bett. Kaylon trat hin und nahm ihn auf. Er passte perfekt in seine Handfläche. Ein glatter Stein, wie man ihn unzählig oft in der Natur finden konnte. Für einen kurzen Augenblick vergaß er, was ihn in seinen Gedanken quälte. Diesen Augenblick lang waren seine Gedanken nicht in einem anderen Zimmer des Gasthauses.

„Maylin", dachte er und musste unwillkürlich lächeln. Sie war der Midwinter und der Herrschaft würdig. Das Spiel würde bald beginnen, und er freute sich darauf. Denn momentan war es ihm ohnehin unwichtig, ob sein Leben endete. Seine Gedanken waren schon wieder in dem anderen Gemach. Kaylon spielte mit dem Stein in seiner Hand und schaute durch die noch offene Zimmertür in den Gang zu Asha.

Die Treppe mündete am anderen Gangende. Dort, wo sich auch der Waschraum befand. Im ersten Zimmer schliefen – Kaylon verdrängte das Bild. Dann kam Aminars und Inaas Zimmer. Kaylon konnte ihre Tür ungefähr vier Meter links entfernt sehen, wenn er durch seinen Türbogen sah. Die Wand links neben seiner Tür trennte ihn von dem Schlafgemach der beiden Elfen. Sein Bett stand an der Wand mit dem Fenster, mit der Längsseite der Tür gegenüber.

Kaylon schloss das Fenster und lehnte die Tür an. Danach bereitete er sich auf die Nacht vor.

Midwinter haben naturgemäß einen leichten Schlaf. Kinder der Familie, die ihre Eltern zu töten suchten, wussten dies. Auch Kaylon ging es so. Aber als Tajana am nächsten Morgen seine Tür öffnete, hatten ihn bereits stundenlang schlimme Bilder seiner Fantasie wachgehalten. Diese Selbstpeinigung und die Erlebnisse der letzten Tage, dazu die gestrige Nacht, in der er größtenteils Wache gehalten hatte, hatten ihn kurz vor Morgengrauen in einen tiefen Schlaf fallen lassen. Er hörte weder die Tür, noch wie der Stuhl, den er innen vor den Eingang gestellt hatte, über den Boden schleifte. Auch Tajanas Stiefel auf den Holzbarren ließen ihn nicht aufschrecken. Mit geschmeidigen Bewegungen trat sie zuerst zu Kaylons Bett, aber rasch musste sie feststellen, dass es nur so aussah, als würde er dort liegen. Bettdecke und Kissen waren gemäß seiner Statur geformt.

Kaylon lag dicht an die Wand zu Aminars Raum gepresst. Er hatte die Arme eng an seinen Körper gelegt und schlief auf dem kargen Boden. Ein Dolch und sein Schwert lagen vor ihm. Tajana musterte ihn mit ihren kühlen blauen Augen und strich eine Strähne ihres goldenen Haares zurück, das aus dem Zopfband entwischt war. Roven trat in den Türrahmen: „Schläft der Velaar noch?"

Tajana stoppte den Halbelf mit einer Handbewegung: „Geh nach unten, Roven. Ich komme gleich."

Als der Halbelf ging, stieß sie Kaylon grob mit dem Stiefel an. Sie musste es zweimal wiederholen, bis er aufschrak und nach seiner Waffe greifen wollte, die sie vorsichtshalber mit dem Fuss beiseite geschoben hatte.

„Guten Morgen, Midwinter."

Schweren Atems starrte er Tajana schweissgebadet an.

„Seit wann schlafen wir in Gasthäusern auf dem Boden?", fragte sie ein wenig spöttisch, aber nicht unfreundlich. Er fing sich wieder.

„Bist Du genesen?", überging er ihre Frage.

„Ja", meinte sie und beugte sich hinab zu ihm. Sie betrachtete ihn prüfend und sah tief in seine Augen.

„Wir sind unten und frühstücken. Ruh Dich ruhig noch aus, wir haben keine Eile."

Kaylon nickte beherrscht.

„Ihr braucht mich ohnehin nicht. Ich werde mir Zeit lassen."

Sie starrte ihn an. Das kalte Blau ihrer Augen hämmerte auf ihn ein: „Komm runter, wann es Dir beliebt."

Tajana richtete sich wieder auf. Bewusst freundlich neigte sie den Kopf zu Kaylon und bemerkte mit einem Blick auf ihn den Schweiß an seiner Stirn: „War Dir zu warm in der Nacht?"

Scharfzüngig rutschte Kaylon „Mein menschlicher Körper spendet manchmal auch Hitze" heraus.

Sie sah ihn lediglich an und erwiderte nichts. Dann folgte sie den anderen in den Gastraum.

DER KALTE STEIN

Sie reisten von Dephan gen Osten. Die vier Soldaten begleiteten sie als Eskorte. Ihr Ziel war Rovens Fürstensitz, dort wollten sie den nächsten passenden Mondzyklus für ein Portal zurück abwarten. Der Weg führte weit genug an den Feldern vorbei, so dass man das Massaker an den Tierhütern nicht ausmachen konnte. Roven sah stumm zu Kaylon, als man die Felder in der Ferne sah. Der Fürst unternahm aus Rücksicht auf den Ring der Sha'anaar nichts gegen Kaylon. Der Midwinter ignorierte den Halbelfen.

Kaylon zog es vor am Ende der Gruppe zu reiten. Sie hatten ein langsames Reisetempo, Roven genoss es sichtlich die Elfen durch sein Land zu führen. Kaylon ließ seine Meriha häufig anhalten, sah sich um und beobachtete die Umgebung aufmerksam. Er wusste, was der Stein in seinem Bett bedeutete, seine eigenen politischen Gegner hatten ähnliche Steine erblicken müssen. Das kleine Stück Fels bedeutete, dass Kaylon Midwinter den nächsten Tag nicht erleben sollte.

Roven Aycants Anwesen war eine kleine Burg mit fünf Rittern und zwanzig Soldaten auf einem Vorsprung der hügeligen Landschaft. Es gab noch drei Knappen und einige Bedienstete. Auf der Südseite der Burg hatten sich Handwerker in ihren Holzhäusern niedergelassen. Kleine Rauchsäulen ließen sich schon aus der Ferne ausmachen. Dem Fürst waren einige Dörfer und manche kleinere Städte der Umgebung unterstellt. Sie ritten über den Burggraben über die heruntergelassene Brücke in den Burghof hinein. Roven bot an, alle herumzuführen, aber Kaylon zog es vor mit Inaa die Tiere zu versorgen.

„Du bist still, Kaylon", meinte das Mädchen irgendwann zu ihm, während sie ihr Tier in den Stall führte. Der Midwinter zuckte mit den Schultern.

„Entspann Dich, Kaylon. Tajana und Aminar kennen Roven schon eine lange Zeit."

Die Burgwachen hatten die Elfen argwöhnisch betrachtet, aber Roven hatte alle als seine Gäste vorgestellt.

„Er war vorher weiter im Norden, jetzt ist er hier der Landfürst. Wir wussten das noch gar nicht."

Kaylon brummte etwas Unverständliches und strich über sein muskulöses Reittier. Nach ein paar Minuten kamen die Knappen und nahmen ihnen die Arbeit ab. Ein Bediensteter bot an, sie in ihre Gemächer zu führen. Inaa und Kaylon wurden zu zwei großzügigen Kammern gebracht. In die Wände eingelassene Kamine vermochten Wärme zu spenden, allerdings waren selbst die Nächte ohne Feuer warm genug. Zwei Fenster in Kaylons Gemach führten in den Innenhof. Ein Himmelbett mit Vorhängen an allen Seiten sicherte des Nachts die Privatsphäre. Diese Bettform hatte ihren Sinn darin, möglichst viel Wärme in dem Alkoven zu halten.

Der Diener zeigte ihnen auch die Bibliothek, wo Inaa und Kaylon das aus gemahlenen Bohnen gekochte Getränk Skar'aha und süßes Brot serviert bekamen. Kaylon setzte sich still in einen Sessel, den er ein Stück näher in eine Raumecke gezogen hatte. Hier konnte er den Saal voller Bücher besser überblicken. Der Halbelf hatte eine lange Lebenszeit, in der sich Reichtum anhäufen ließ. Bücher stellten Wissen dar und waren somit Reichtum. Inaa schlenderte an den Regalen vorbei und landete bei einem

Buch über Bindungen zwischen Zwergenstämmen im Elmbund. Kaylon las nichts, schluckte das eklige Gesöff und dachte nach. Irgendwann gesellte sich Aminar zu ihnen, die mit Inaa plauderte. Die Blutmagierin bemerkte, dass Tajana und Roven an einem vor den Burgmauern liegenden Weiher baden gingen. Dann kostete auch sie von dem lieblichen Brot.

Kaylon trank und aß vorsichtig. Er hatte darauf geachtet, dass sein Getränk aus derselben Kanne und sein Stück Brot vom selben Laib stammte, dem auch die anderen ausgesetzt waren. Der Stein galt nur ihm. Solange er darauf achtete, nur zu sich zu nehmen, was nicht speziell für ihn bereitet wurde, musste er Gift nicht fürchten. Ein Attentäter war auf ihn angesetzt, der Stein war das Symbol. Ein Ara'chid erklärte mit diesem Zeichen seinem Opfer die Kontaktaufnahme. Die Ara'chid waren ein Todesorden, eine Gruppe von Männern und Frauen, die ohne Rücksicht auf Gefahr für ihr eigenes Leben Aufträge ausführten, für die man im Geheimen und Dunklen agierte, schlich, täuschte und meuchelte. Sie stammten aus Midwinter. Ihr Kodex erforderte es, dem Opfer vor der Kontaktaufnahme ein Zeichen zu geben. Dies widersprach dem Gedankengut der Familie Midwinter. Da der Orden der Ara'chid aber sehr effizient arbeitete, hatten Ahnen von Kaylon die Ara'chid in den Geheimdienst des Kalten Steins integriert. Seitdem nutzten die Ara'chid einen Stein als ihr Symbol. Ein normaler Agent des Kalten Steins würde ihn stellen und angreifen. Am besten mit Unterstützung, die der Agent für einen solchen Angriff anwerben würde und mit einer Rückzugsstrategie. Wären die Chancen schlecht, würde der Agent sich zurückziehen und ein andermal zurückkehren. Ein Ara'chid würde ihn stattdessen allein hinterrücks meucheln. Der Ara'chid würde nicht aufgeben. Auch nicht, wenn es zu seinem eigenen Tod führte. Für ihn war der Lebenssinn der eine Auftrag, den er momentan aufgetragen bekommen hatte.

Als Tajana und Roven vom Baden wiederkamen, war es Zeit für das Abendessen. Es wurde im Speisesaal der Burg serviert. Drei der fünf Ritter waren anwesend. Kaylon war nicht hungrig. Zwar war sein Magen leer, aber ihm stand der Sinn nicht nach Essen. Tajana saß zwischen ihm und Roven. Die meiste Zeit über sprach sie mit ihrem ersten Velaai, aber einmal legte sie ihre Hand auf Kaylons Unterarm und fragte ihn mit ihren tiefen Augen, warum er nichts zu sich nahm.

Bei der Unmenge an serviertem Essen hätte Kaylon nicht kontrollieren können, ob etwas speziell für ihn von einen Ara'chid vorbereitet war. Der Midwinter versicherte seiner Atrîsh, dass er keinen Appetit hatte. Kaylon zog sich früh zurück. Als die anderen noch mitten im Gespräch waren, entschuldigte er sich und ging in sein Gemach. Dort stand er allein. Er sah sich um und überlegte, wie er seine Chancen, die Nacht zu überleben, bessern konnte. Ein Eindringling konnte durch die Fenster, den Kamin oder die Tür kommen. Für einen Ara'chid gab es keinen unpassierbaren Weg zu seinem Opfer.

Die Läufer auf dem Boden würden es einem nächtlichen Besucher erleichtern sich anzuschleichen. Kaylon fürchtete keinen Kampf, aber in der Regel kam es bei einem Ara'chid als Gegner gar nicht erst dazu. Diese selbstbewussten Meuchler kündigten sich an in der Gewissheit, dass das Opfer ihnen nicht entgehen konnte. Das überreichte Symbol war ein Zeichen ihrer Überlegenheit.

Die Tür hinter ihm schwang auf, und Kaylon sprang herum.

Tajana starrte ihn verwirrt an.

„So schreckhaft, Kaylon. Ich bin es."

Sie schloss die Tür hinter sich und kam näher zu ihm. Langsam ergriff sie seine Hände.

„Geht es Dir wirklich gut, Kaylon?", fragte sie ihn. Zwar war ihr Blick nicht besorgt, sondern wie immer recht kühl, aber ein sorgenvoller Unterton klang in ihrer Stimme.

„Alles ist in Ordnung", sprach Kaylon.

„Ich werde bei Dir bleiben", verkündete die Elfe und führte ihn an einer Hand zum Alkoven. Kaylon stockte auf dem Weg zum Bett.

„Ist Dein Schlafgemach nicht beim Fürsten?"

Sie blieb stehen und wandte sich wieder zu ihm. Ihre dunklen Augenbrauen zogen sich bedrohlich zusammen.

„Heute Nacht ist es bei Dir", bemerkte sie mit sehr leiser, eindringlicher Stimme. Ihre blauen Augen funkelten gefährlich. Kaylon wusste, dass seine Erwiderung jetzt auf ihre Gereiztheit stoßen würde. Und er kannte auch die Konsequenzen: „Ich möchte allein sein, Tajana."

Kaylons Stimme war emotionslos erklungen. Tajana ließ seine Hand los und ging mit raschem Schritt. Sie drehte sich nicht mehr um, die Tür schloss sich geräuschvoll hinter ihr.

Der Midwinter sah, wie die Tür zu schwang. Er löschte die beiden Öllampen im Raum und begann sein Nachtlager zu gestalten. Er hatte am Nachmittag extra viel von dem aufputschenden Skar'aha zu sich genommen, das Getränk sollte verhindern, dass er diese Nacht wieder einschlief.

Es war dunkel, als der Schatten ins Zimmer glitt. Es war ein unheilvoller Schatten, und er kam weder durch Fenster, Tür noch Kamin. Er glitt hinter dem Schrank hervor, der sich geräuschlos nach vorn geschoben hatte. Ein Ara'chid wusste um die Kunst der richtigen Vorbereitung. Wie ein nächtliches Jagdtier glitt der Schatten kriechend durch den Raum. Die todbringende Dunkelheit näherte sich nicht auf direktem Weg dem Bett, sondern nutzte den Raum und zog einen Bogen. Sie suchte dabei die Ecken des Gemachs und mögliche Verstecke ab. Letztlich näherte sie sich lautlos dem Bett. Der Schatten prüfte mögliche Gefahren unter dem Bett, bevor er sich aufreckte, und die Dunkelheit sich zwischen die nicht vollständig geschlossenen Vorhänge schob.

Der Schatten merkte, dass das Bett leer war, als sich plötzlich die Mauern des Raumes zu Flammenwänden wandelten. Der Schatten sprang fort vom Bett, sich in der Bewegung drehend. Kaylon sprang aus dem Schlaflager, das keineswegs so leer war, wie die Prüfung des Schattens ergeben hatte, und stieß mit dem Dolch zu. Der Schatten, der sich jetzt im flackernden Licht des Feuers als menschliche Gestalt in blauer Robe offenbarte, hörte Kaylon hinter sich. Die blitzschnelle Reaktion des Ara'chid minderte die tödliche Präzision von Kaylons Stoß, aber der Midwinter verletzte sein Gegenüber schwer.

Kaylon trug keine Rüstung, die hätte ihn zu unbeweglich gemacht. Er hatte sich in der Bettunterlage in dem Gemisch aus Stroh und Wolle befunden, die er an den Seiten aufgeschlitzt hatte. Er hatte die Unterlage so präpariert, dass er hinauszuspringen vermochte. Ein Loch in der Unterseite hatte ihm erlaubt die Ölspur in Brand zu setzen, die er an den Wänden gezogen hatte.

Für einen kostbaren Moment hatte er den Angreifer überraschen können, doch jetzt kannte jeder seinen Gegner. Der Ara'chid kämpfte mit in den Ärmeln seiner Robe verborgenen Händen, aber Kaylon konnte ahnen, dass ihn keine Faustschläge erwarteten. Er fürchtete etwas Spitzes, auf das Gift aufgetragen war.

Aber Kaylon hatte nicht nur den Dolch, den er genutzt hatte um schnell während des Sprunges agieren zu können. Jetzt nahm er mit der freien Hand sein Langschwert, das ebenfalls im Bett verborgen war.

Ein Knall betäubte Kaylons Ohren und Nebel legte sich über seine Sicht. Verdammt, die Tricks eines Ara'chid. In der Ferne vernahm er das laute Bellen von Asha. Den leisen Ara'chid konnte er weder hören noch sehen. Kaylon warf sich nach hinten und rollte mit seinen Waffen rückwärts auf die andere Seite des Bettes. Der Krach draußen würde seinen Meuchler nicht aufhalten, einem Ara'chid war unwichtig ob er entkam. Aber sein Opfer war ihm wichtig. Er würde dem Midwinter nachspringen um rasch zu töten, wie es die Art dieses Ordens war. Sie tanzten nicht mit dem Gegner. Kaylon stand gewandt nach der Rolle wieder auf dem Boden und trat blind mit dem Fuss gegen die erahnte Position des Bettpfostens. Asha wurde lauter.

Das präparierte Bett krachte zusammen und Kaylon taumelte immer noch blind nach hinten. Durch die Hitze der Flammen konnte er ableiten, wie weit er sich von der Wand entfernt befand. Die Ölspur an den Mauern selbst wäre längst erloschen, aber die Läufer an den Wänden hatten jetzt zu brennen angefangen. Kaylon hatte in jeder der Lampen einen Rest Öl belassen und sie bei den zwei Fenstern deponiert. Je eine Lampe pro Fenster neben dem Bett. Er griff in die Flammen, tastete für den Bruchteil einer Sekunde und warf dann die Lampe heftig nach vorn.

Die Ölspur unter dem Bett hatte langsam auch das Stroh des in sich zusammengefallenen Bettes in Brand gesetzt. Die

Lampe sorgte für den Rest. Kaylon hörte einen Schrei, das reichte ihm. Treffer. Als die Tür zu seinem Nachtlager aufflog, setzte dem Ara'chid ein gewaltiger Hieb seines Schwertes zu, welches er in Richtung des Schreis gestoßen hatte. Ein zweiter Schrei bestätigte auch diesen Treffer. Kaylon hörte zwei Elfenstimmen rufen, als etwas in seine nackte Brust eindrang. Eine Nadelspitze. Sein Körper sackte zu Boden. Hände umfingen ihn und ließen ihn auf einen Läufer sinken. Er spürte einen verschwitzten Körper, etwas sog an der Brust, dort, wo er den Stich gespürt hatte. Dann legten sich bekannte Lippen auf seine.

Maylins Botschaft

Kaylon wusch sich sein Gesicht und kleidete sich an. Ein bisschen Stoff und Leder. Dann ging er in die Bibliothek, dort warteten die anderen bereits auf ihn. Sie alle waren angezogen, aber ihnen stand noch die Müdigkeit ins Gesicht geschrieben. Erinnerungen an Tajanas verschwitzten, nackten Körper und ihren Kuss durchfuhren Kaylon. Es gab nur einen Grund, warum sie nackt und verschwitzt herbeigeeilt war, als Asha Alarm geschlagen hatte. Der Midwinter verdrängte den Gedanken. Der Brand war gelöscht.

„Was ist geschehen?", verlangte Fürst Aycant zu wissen und kürzte damit eine ganze Liste an Fragen der Elfen ab. Kaylon ignorierte den Mann und nahm in einem der Sessel platz. Ein Diener reichte ihm Skar'aha und etwas Gebäck. Das scheußliche Getränk half die Müdigkeit zu vertreiben.

„Bloß ein Meuchler, der mir den Tod bringen sollte", erklärte Kaylon kurz gefasst.

„Er steckte das Zimmer in Brand und wollte Euch im zusammen fallenden Bett zerquetschen?", setzte Roven sarkastisch nach.

Kaylon warf ihm einen vernichtenden Blick zu.

„Den Brand habe ich vorbereitet und gelegt."

Tajana sagte nichts. Sie saß neben Roven, aber ließ Kaylon nicht aus den Augen, seitdem er die Bibliothek betreten hatte.

„Wann hast Du den Stein bekommen?", fragte Aminar und biss in ein Gebäckstück. Kaylon lächelte sie freudlos an. Ihre Bildung überraschte ihn ein weiteres Mal.

„Er lag auf meinem Bett in Dephan."

„Was für ein Stein?", fragte Roven irritiert. Auch als Aminar dies erklärte, blickte Tajana ohne Unterlass auf den Midwinter.

„Das Symbol eines Ara'chid, den Meuchlern aus dem Geheimdienst der Familie der Midwinter. Es ist ihre Ankündigung, dass ihre Kontaktaufnahme bevorsteht."

Aminar legte das Gebäck beiseite und beugte sich vor: „Du hättest uns einweihen sollen."

Kaylon schüttelte den Kopf: „Das war mein Stein."

„Ein Meuchler geht in meiner Burg mit Eurem Wissen um, und Ihr tut dies nicht kund. Das ist unverzeihlich", stieß Roven Aycant aus.

„Nein, es ist verziehen", sagte Aminar entschieden.

„Aber", setzte Roven an, doch Aminar unterbrach ihn. Tajana drang mit ihren Augen tief in Kaylons ein, der den Blick stumpf erwiderte.

„Es war sein Stein, er wollte ihn nicht teilen. Die Ara'chid werden jeden, mit dem der Stein geteilt wird, aufsuchen, bevor sie sich ihrem bestimmten Opfer widmen."

In Tajanas Augen sah Kaylon, dass sie erkannte, warum er sie aus seinem Schlafgemach fortgeschickt hatte. Zu dem Zeitpunkt hatte der Ara'chid bereits hinter dem Schrank in einem kleinen Loch in der Wand gehockt. Der Ara'chid selbst musste diesen Spalt in der Wand vorbereitet haben, der lediglich für seine schlanke Statur ausgereicht hatte.

Fürst Aycant seufzte ungehalten: „Was machen wir jetzt mit dem Eindringling?"

„Der Ara'chid lebt noch?"

„Sie hat Verbrennungen, zwei starke Wunden Deiner Waffen und Asha hat sie angefallen, aber noch lebt sie", erläuterte Aminar und legte zwei Nadeln neben sich auf das Tablett mit dem Gebäck: „Das hier waren ihre Waffen."

Kaylon zog es vor, den Nadeln nicht nah zu kommen. Es passte zu dem Orden, viele der Ara'chid benutzten ausschließlich Nadeln.

„Normalerweise wirken die Stiche tödlich", bemerkte Kaylon leise.

„Tajana hat das Gift ausgesaugt und Dich sofort erneuert."

Schließlich erhob sich Tajana und ging zum Ausgang der Bibliothek. Im Gehen meinte sie zu der Versammlung in ihrem Rücken: „Wenn es nur eine Meuchlerin ist, werde ich dies jetzt beenden. Stört mich nicht, es wird lange dauern."

Aminar zog sich wieder zurück um ein wenig Schlaf zu bekommen, auch der Fürst verließ die Bibliothek. Inaa war zu aufgeregt und blieb bei Kaylon sitzen.

„Das war ein Anblick: Du taumelnd vor all den Flammen. Dieser Schatten, der sich im eingefallenen Bett wand und die Nadel auf Dich schleuderte. Du hättest sehen sollen, wie Asha sie angefallen hat. Wie nennt man sie? Ara'chid?"

Kaylon nickte dem Mädchen zu.

„Und es ist ein Orden von Meuchlern?"

„Sie sprechen allgemein von Kontaktaufnahme. In der Regel bedeutet es den Tod des Opfers."

„Und vorher bekommt man den Stein?", Inaa verzog irritiert die Augenbrauen.

„Genau."

„Das ist Irrsinn. Ich meine, das Opfer zu warnen."

Kaylon nickte mit einem leichten Lächeln. Inaa sprach ihm mit ihrem Gedanken aus der Seele.

„Aminar sagte, die Frau hat mit einem Pulver ein Loch in die Steinwand gebrannt um sich hinter dem Schrank zu verbergen.“

„Ja, Ara'chid sind sehr geschickt und einfallsreich.“

„Du hättest uns einweihen sollen.“

Kaylon starrte in seinen Krug: „Ich kann mich selbst verteidigen.“

„Ich würde sagen, ohne Tajana wäre es ein Unentschieden geworfen. Tote Ara'chid und toter Midwinter.“

Kaylon biss sich auf die Lippe. Das Elfenmädchen hatte nicht unrecht. Er versuchte abzulenken: „Wo ist Asha?“

Inaa warf ihm Gebäck zu, das er geschickt auffing: „Dieser Ara'chid gelang es, Asha zu betäuben, bevor Aminar sie mit einem Zauber ausgeschaltet hat.“

Kaylon war skeptisch: „Sie hat eine Nadel auf mich geworfen? Und dann Asha betäubt?“

„Ja, Asha schläft.“

„Hm“, murmelte der Midwinter. In jeder Hand eine Nadel. Eine davon wurde auf ihn geworfen, die andere betäubte Asha.

„Bring mich sofort zu Tajana und der Ara'chid.“

Inaa führte den Midwinter tief hinunter in die Gewölbe der Burg. Vor dem Verlies bemerkte Kaylon das abgelegte Gewand der Ara'chid. Kurz hielt er an und betrachtete es. Die blaue Farbe war ideal für die Nacht. Schwarz hob sich im dunklen schneller ab, blau war die perfekte Tarnung. Innen war es braun. Die Ara'chid zogen ihre Kleidung auf links oder rechts an, je nachdem ob sie sich in der Nacht verbergen oder unauffällig am Tag erscheinen wollten. Neben der Robe befand sich auch der breite Ledergürtel mit einigen eng geknoteten Phiolen daran. Im Leder befanden sich eingenähte Fächer, darin versteckten die Ara'chid ihre Waffen. Auch die Robe hatte sicherlich unzählige geheime

Taschen.

Man hörte die Schreie der Ara'chid bis hier, auch auf der Treppe hinab hatte das jämmerliche Gewinsel zu Kaylon und Inaa gefunden. Ein Ara'chid war nicht dazu geschaffen viel Schmerz zu erdulden. Und viel Schmerz waren nichts im Vergleich zu dem, was Tajana hervorrufen konnte.

Kaylon gebot Inaa mit einer Handbewegung ihm nicht zu folgen und betrat das eigentliche Verlies. Ein achteckiger Raum führte zu sieben Gefängniskammern. Diebe und andere Rechtsbrecher befanden sich hier eingekerkert. Aus vier der Zellen drang angstvolles Gewinsel, aus einer unmenschliche Schreie. Zu letzter ging Kaylon.

„Tajana?"

Die Schreie verstummten abrupt, und die Zellentür öffnete sich. Tajana trat ihm in ihrer ledernen Rüstung entgegen. Sie war blutbesudelt. Selbst von ihren Wangen tropfte die rote Flüssigkeit. Die Elfe legte den Kopf schief und sah ihn an. Nicht jeder war in der Lage, sie bei ihrer Arbeit zu stören und nicht selbst Teil davon zu werden.

„Ich muss mit ihr reden."

Kaylon wusste, wie ungern Tajana sich unterbrechen ließ. Die Elfe brauchte einen Moment, dann verschwand der gierige Ausdruck von ihrem Gesicht. Mit einem Kopfnicken trat sie beiseite. Der Mensch stellte sich in die Tür. Er brauchte lange, um in der Dunkelheit der Zelle einzuordnen, wo der Körper der Ara'chid begann und die Blutlachen aufhörten. Weit länger dauerte es, die Konturen eines vielleicht siebzehnjährigen, sehr dünnen Mädchens auszumachen, das als zitterndes Bündel den Zellenboden beschmutzte. Auch das sie unbekleidet war, ließ sich schwerlich bemerken. Teile ihrer Haut waren verbrannt, frisches und verkrustetes Blut bedeckte sie. Kaylon bückte sich und zog sie an ihren kurzen Haaren ohne Rücksicht hoch. Er schleuderte sie an eine Zellenwand und presste sie mit dem Körper dagegen um den Lederknebel aus ihrem Mund zu entfernen.

Als sie drohte ohnmächtig zu werden, gab er ihr rasch zwei Ohrfeigen.

„Lord Midwinter", hauchte das Mädchen.

„Hast Du mich betäubt?"

Er wiederholte die Frage mehrere Male, bis er die Worte beinahe schrie. Ein leises Stammeln gab ihm letztlich Antwort: „Ja."

Sie sackte zusammen, Kaylon hielt den leichten Körper mühelos. Das Mädchen musste zwei weitere Schläge erdulden. Sie brabbelte etwas unverständliches.

„Die Ara'chid halten nicht viel aus", sagte Tajana kalt.

Kaylon wandte sich zu seiner Atrîsh: „Das ist nicht ihre Aufgabe. Tajana, kannst Du bitte?"

Er musste seine Frage nicht ausformulieren und wagte dies auch nicht. Seine Bitte galt als Frevel. Es gab aber begründete Ausnahmen. Seine Atrîsh lehnte seine Bitte nicht ab. Sie trat neben Kaylon und bückte sich ein wenig herunter zum Kopf des Mädchens. Ein sehr kurzer Kuss schenkte der Ara'chid die Kraft verständlich reden zu können. Kaylon musste seine Frage nicht wiederholen. Es schien, als wollte die Ara'chid zu ihm sprechen.

„Botschaft der Königin. Geschenk. Ich bin...", sie hustete Blut.

„Wenn Du etwas von ihr wissen willst, werde ich sie befragen", bot Tajana an. Aber das Mädchen musste nicht befragt werden. Am Ende des Husten sprach die Ara'chid weiter: „Warnung und Geschenk."

„Was soll das, Kaylon? Was willst Du erfahren?", fragte Tajana ihn, das Mädchen ignorierend, welches schwer um Atem kämpfte.

„Sie hatte in jeder Hand eine Nadel. Die eine warf sie auf mich, Du hast mich vor dem Gift gerettet. Mit der anderen betäubte sie Asha."

Tajana stand wie er nah bei dem Mädchen, sah aber ihren Velaai an. Sie verstand sofort, worauf er hinaus wollte: „Sie kam um mit Dir Kontakt aufzunehmen. Beide Nadeln waren dazu bestimmt gegen Dich angewendet zu werden."

„Ja, eine Nadel in beiden Händen um sicherzugehen, dass eine trifft."

„Zwei verschiedene Gifte würden keinen Sinn ergeben", schloss Tajana den Gedankengang.

„Sie sollte mich nur betäuben. Das war ihr Auftrag."

Tajana wischte ein wenig Blut vom Mund des wieder unverständlich brabbelnden Mädchen: „Lass mich jetzt mit ihr allein. Wenn ich Dich aufsuche, werden wir die Wahrheit kennen."

Kaylon sah von Tajana zu der Ara'chid und zurück. Er war versucht Tajana zu bitten vorsichtig zu sein, aber er sprach dies nicht aus. Er hatte am eigenen Leib erfahren, wozu Tajana fähig war, aber auch wie beherrscht sie damit umgehen konnte. Das Mädchen war bereits am Ende, zumindest in Kaylons Augen. Aber Tajana würde diesen Zustand lange erhalten können.

GESCHENK

Sie saßen im geräumigen Saal, der Roven und seinen Gästen zum Einnehmen von Speisen diente. Kaylon war recht still, ebenso Roven, dafür plauderte Inaa mit Aminar. Kaylon folgte dem Gespräch nicht. Er versuchte sich auf sein Essen zu konzentrieren, stocherte jedoch mehr darin herum als etwas zu sich zu nehmen. Er brauchte Gesellschaft, aber keine direkt Aufmerksamkeit. Zwischendurch kamen im Bilder von Roven mit einer Gabel im Auge in den Sinn.

Tajana störte die wenig traute Atmosphäre. Sie betrat den Saal, gefolgt von einem Mädchen. Das Mädchen hatte eine Hand auf Tajanas Schulter gelegt und hatte Mühe sich hinter ihr her zu ziehen. Kaylon blickte sich zur Tür um, als er Tajana eintreten hörte. Er hatte den Verdacht, dass Tajana dem Mädchen auf dem Weg hierher geholfen haben musste. Die Ara'chid hatte offensichtlich nicht die Kraft, sich an der Schulter festzuhalten und dabei zu gehen. Kaum war Tajana einen Schritt in den Saal gelaufen, löste sich die kraftlose Hand und das Mädchen viel zu Boden. Sie kroch hinter Tajana her, die sich nicht umdrehte, auf den Tisch zu.

Kaylons Atrîsh setzte sich und das Mädchen schleppte sich zu ihrem Stuhl um dort am Boden zu verharren.

„Sie ist ein Geschenk Deiner Schwester Maylin an Dich, Kaylon. Ihr betäubender Angriff sollte Dir zeigen, zu was Maylin fähig wäre, wenn sie den Wunsch danach verspüren sollte. Die Ara'chid hätte Dich aufgeweckt und Dir Maylins Botschaft verkündet."

Tajana schnippte mit den Fingern und eine schwache

Stimme vom Boden erklang: „Königin Maylin Midwinter macht mich zu Eurem Geschenk."

Maylin war immer für eine Überraschung gut. Langsam zweifelte Kaylon daran, dass sie eine Midwinter war. Midwinter bevorzugten simple Lösungen: töte den Bruder, denn er ist eine Gefahr. Aber Maylin dachte weiter. Sie sah eine Rolle in ihrem Spiel für Kaylon vor. Wollte sie sich weiterhin auf seine Kraft verlassen?

Einige Tage später verließen sie Roven und seine Burg.

IDENTITÄT

Der Tag ist das Leben. Darum nutze ihn. Jeden einzelnen. Kaylon war bereit zu töten. Immer. Er war aufgezogen worden mit dem Recht, über das Leben aller auf Midwinter bestimmen zu können. Statt Mutterliebe hatte er Fähigkeiten erlernt, mit denen er seine Eltern hatte auslöschen sollen. Dies war ihm nicht geglückt. Aber es lag nicht daran, dass er es nicht vermocht hätte. Er konnte jedem Wesen das Leben nehmen, das nicht in der Lage war, sich gegen ihn zu verteidigen.

Keine Hemmschwelle war vorhanden. Jetzt dachte er an den Elfen, in dessen Burg er sich befunden hatte. Der Elf mit dem Tajana das Bett geteilt hatte. Kaylon hasste ihn. Mehr als alles auf den Welten.

Sie hatten ihr Nachtlager in einer kleinen Lichtung in einem Waldstück aufgeschlagen. Die leisen Laute einiger Tiere waren aus der Ferne zu vernehmen. Die Ara'chid kniete demütig neben dem Lord Midwinter nieder.

„Gebt mir Anweisung mein Herr, und ich werde aus dem Weg räumen, was Eure Gedanken belastet."

Kaylon schaute sie lange an, sie erduldete dies still. Ihre tiefen braunen Augen wichen seinen nicht aus. Dies war ihm gegenüber keine Anmaßung. Die Gebräuche der Ara'chid sagten, dass es sich nicht gehörte dem Blick eines Midwinters auszuweichen. Der Kult dachte da anders, als die restliche Bevölkerung der Welt Midwinter.

„Was sagt Dir, dass meine Gedanken eine Last tragen?"

Eine Ara'chid bat nicht um Entschuldigung.

„Ich las es in Eurem Blick. Bitte straft mich für diese

Respektlosigkeit."

Kaylon starrte sie weiter an und dachte über ihr Angebot nach. Aber er wusste, dass er solche Dinge eigenhändig erledigen musste um sich besser zu fühlen.

„Jetzt gebe ich Euch keinen Auftrag."

Sie nickte und entfernte sich leise. Kaylon wusste, das er von dieser Ara'chid getötet worden wäre, wenn seine Schwester Maylin dies gewollt hätte. Doch war es nicht geschehen.

Die Ara'chid setzte sich in ihrem Umhang neben einen Baum nahe dem Feuer. Sie verschwand fast im Schatten. Das Mädchen litt noch schwer an den Qualen, die Tajana ihr angetan hatte. Aber wenigstens konnte er sich sicher sein, dass sie keinen weiteren geheimen Auftrag von Maylin empfangen hatte. Unter Tajanas Befragung hätte sie alles berichtet. Sie war ein Geschenk, ohne jede daran geknüpfte Bedingung. Kaylon fasste an den Stein, den er im Hosenbund mit sich führte. Es war ein heiliger Stein der Ara'chid, aus dem Letzten Fluss.

Dies war kein real existierendes Gewässer, aber die Ara'chid sprachen so davon, als gebe es diesen Fluss in Midwinter und als wäre er nur ihnen bekannt. Kaylon war sich sicher, dass sie einfach jeden beliebigen Stein vom Wegesrand nutzten. Aber auch das passte, denn ist nicht jeder Weg ein Fluss, der ans Ende führen kann? Der Tag ist das Leben. Nutze ihn.

Tajana ritt ins Lager. Er sah in ihren Augen, dass sie keine guten Nachrichten brachte. Rasch saß sie ab und trat ans Lagerfeuer. Kaylon schliff ruhig seine Schwertklinge.

„Auf Midwinter ist vor einiger Zeit wohl ebenfalls

Mondgestein, einige Tagesreisen von der Festung Midwinter entfernt, gefallen. Dieses Anaar wurde auf Anweisung von Königin Maylin Midwinter geheim gehalten", berichtete Tajana, und Kaylon spürte ihren Blick auf ihm. Aber er sah ins Feuer und tat, als bemerke er dies nicht.

„Allerdings hat die Thelanische Armee davon erfahren. Eine Invasion der Thelaner auf Midwinter steht bevor."

Tajana war vorausgeritten um in einer nahen Stadt einen Informanten des Rings der Sha'anaar zu treffen, bevor sie am kommenden Morgen zum Mondtor weiterreisen wollten.

„Die Thelaner werden auf ihre Vernichtung treffen, wenn ihre Armeen durch eines der Mondtore ziehen."

„Nein", sagte Tajana mit einem Kopfschütteln.

„Sie haben sich mit der Elfenfamilie Vi'landor verbündet. Wie Du sicher weisst, ist Ebellon Vi'landor Erzdruide des Ordens der Grim'Idor."

„Der Druidenorden, der seinerseits Kontakte zu den Elfenrebellen auf Midwinter hat", fügte Kaylon nachdenklich flüsternd hinzu. Eine kurze Zeit lang herrschte Schweigen, dann sprach Kaylon weiter: „Sie werden durch das Mondtor kommen, durch das ich Midwinter zuletzt verlassen habe. Es liegt im Wald von Alwynn und die Elfenrebellen auf Midwinter haben das Wissen darum für sich behalten. Maylin weiss nichts von diesem Tor. Oder durch ein anderes, das nur die Elfen kennen."

„Wir müssen nach Kjabala zu Eolynys, der Ring erwartet uns. Dort können wir Pläne schmieden."

Kjabala war die Heimatwelt des Rings der Sha'anaar.

„Midwinter ist in Gefahr, das duldet keinen Aufschub", warf Kaylon ruhig ein.

„Du bist kein Midwinter mehr, Du bist mein Velaai! Das

Anaar ist Deine einzige Pflicht", fuhr Tajana ihn an. Dann ignorierte sie ihn.

„Aminar, wir brechen morgen früh zeitig auf. Das Anaar in Midwinter muss geborgen werden. Viel steht auf dem Spiel."

„Möglichweise gelingt es uns den Krieg zu beeinflussen, und die Schlachten erst einmal fern vom Anaar stattfinden zu lassen. Keine der Parteien darf Zugriff erhalten", schloss sich Aminar Tajana an.

„Nein."

Sprachlos sahen die Elfen Kaylon an, der sich mit diesem einem Wort in ihre Unterhaltung gemischt hatte. Langsam schob er sein Schwert zurück in die Scheide.

„Ich bin Erbe von Midwinter. Dem Herrscher von Midwinter gehört meine Welt, aber als Familienmitglied und Lord von Midwinter bin ich vom Blute verpflichtet, meine Welt zu verteidigen."

„Aber Kaylon", setzte Aminar an.

„Wir werden aufgezogen unsere Eltern zu töten. Denkt Ihr aus reiner Grausamkeit? Wir erweisen uns des Throns würdig. Und weisen unserem eigenen Leben damit ebenso dieses Ende. Es dient der Einheit unseres Erbes. Die Stärke des Herrschers ist die Stärke seines Reiches. Midwinter soll angegriffen werden? Diese Angreifer werden an meiner Klinge vorbei müssen."

„Es sind ganze Armeen, Kaylon. Thelaner, Elfen und Rebellen."

„Um so besser. Ich will mich nicht langweilen, wenn ich schon zurück in meine Heimat muss."

„Du wirst nicht gehen, Velaar!"

Kaylon sah ausdruckslos in Tajanas funkelnde Augen.

„Versuch nicht, mich abzuhalten. Du würdest Deine und

meine Schmerzen spüren."

„Tajana, auf ein Wort", bat Aminar ihre Gefährtin.

Kaylon legte sich auf seine Decke ans Feuer. Morgen würde er die Reise in seine Heimat beginnen. Der Schutz Midwinters lag in seinem Blut. Es war eines der Dinge, gegen die er nicht aufbegehren konnte. Ohne es sich anmerken zu lassen, grübelte er verzweifelt, wie es ihm gelingen sollte, rechtzeitig in Midwinter einzutreffen. Welcher Weg durch die Mondtore würde ihn vor den Armeen ans Ziel führen, und wo genau in Midwinter lag dieses Ziel?

Tajana trat zu ihm. Er sah ihren Gesichtsausdruck, spürte die Kämpfe, die in ihrem Kopf vorgingen. Sie wollte ihn anbrüllen, ihn zum Gehorchen zwingen, jeden Widerstand niederschlagen. Doch schließlich verzogen sich ihre Lippen zu dem Versuch eines Lächelns und setzte sich halb kniend zu ihm nieder. Kaylon sah sie ruhig an.

Gerade seine Ruhe war es, die sie verwirrte. Sie konnte nicht einschätzen, was in ihm vorging. Nach einer Pause begann sie zu sprechen.

„Ich entschuldige mich."

„Man kann sich selbst nicht entschuldigen, Tajana, man kann lediglich um Entschuldigung bitten", bemerkte Kaylon gefasst. Zornig funkelten ihre Augen ihn an. Als sie nach ein paar Sekunden erneut zum Reden ansetzte, unterbrach er sie.

„Weisst Du, Tajana, ich fühle mich so heimatlos. Ich habe mein Reich verlassen und gewiss bin ich glücklicher seit ich fort bin. Dennoch ist ein Gefühl der Leere an der Stelle, an der meine Heimat stehen sollte."

Sie strich ihm mit der Hand über sein weiches Haar.

„Du weisst, was wir eingegangen sind, Kaylon", murmelte sie leise.

Er schaute ihr fest in die Augen: „Ja, das Gleiche, was Roven Aycant vor mir mit Dir eingegangen ist."

Sie wusste jetzt, was ihn in den letzten Tagen beschäftigte. Midwinter und etwas weit gefährlicheres.

„Roven ist ein Halbelf. Er hat eine lange Lebensspanne. Das Anaar hatte viel Zeit ihn zu quälen, weit mehr als es jemals bei einem Menschen der Fall ist. Roven ist auf immer zerstört, sein Körper und sein Geist krank auf ewig. Er braucht von Zeit zu Zeit die Nähe der Atrîsh", bewusst verzichtete sie darauf zu erwähnen, dass sie diese Atrîsh war, „um nicht völlig in Agonie zu verenden. Mehr kann ich nicht mehr für ihn tun."

Beide waren still für einige Zeit, schließlich legte sich Tajana neben Kaylon. Die Ara'chid beobachtete sie aus den Schatten.

„Aber für Dich kann ich mehr tun, Kaylon. Inaa wird zurückkehren und den Ring informieren. Aminar und ich gehen mit Dir nach Midwinter."

Ihre Vermutung war, dass die Thelanische Armee gemeinsam mit Kohorten der Familie Vi'landor in Midwinter einmarschieren würden. Sie würden sich sicher auf ein Mondtor konzentrieren, denn an mehreren durchzubrechen und erst danach die Armeen wieder zusammenzuführen, war mit hohen Risiken verbunden. Vermutlich würde es kein der Midwinter Familie bekanntes Mondtor sein, den die waren von den königlichen Streitkräften, den sogenannten Torschildtruppen gut geschützt. Kaylon nahm an, dass es sich um ein Tor handelte, dass nur die Rebellen kannten, und jetzt auch die Thelaner.

Der letzte Krieg, in den die Thelaner verwickelt waren, hatte auf Penagramn stattgefunden und war erst wenige Wochen her. Truppenbewegungen erforderten Zeit und die Mondtorzyklen mussten ebenfalls beachtet werden, daher vermutete Kaylon, dass die meisten Truppen noch in Penagramn stationiert waren. Dies traf ebenso auf die Kohorten der Vi'landor zu. Es war sehr wahrscheinlich, dass sie von Penagramn aus in Midwinter eintreffen würden. Möglicherweise nicht auf direktem Weg, aber dort würden die Armeen starten. Vielleicht hätte man sie bereits dort angreifen können, aber Kaylon besaß auf keiner Welt ausreichend Streitkräfte um die Thelaner, geschweige denn die Elfenkohorten, aufzuhalten.

Zwar lag ausreichend Zeit vor ihnen, bis die Angreifer Midwinter erreichen würden, aber eben diese Zeit brauchten sie selbst auch, um nach Midwinter zu gelangen. Alles hing davon ab, einen schnellen Pfad durch die Mondtore zu berechnen. Aminar beschäftigte sich bereits damit, aber solange sie nicht alle Mondtore auf Midwinter kannten, war es unmöglich zu sagen, wer ein Wettrennen gewinnen würde.

Kaylon mochte ein Spiel nicht, das auf Glück basierte oder für ihn einfach nicht berechenbar war. Er suchte Alternativen.

Er sah auf ihre Lider und verfolgte die sich abzeichnenden sanften Bewegungen ihrer träumenden Augen darunter mit einem Anflug von einem zufriedenen Lächeln. Kaylon wusste, welche wunderbaren Farbspiele dort schlummerten.

Ihre kühlen hellblauen Augen, die ihn immer bannten. Aber hinter seinem Lächeln steckte ein Anflug von Ernst. Diese Augen, die ebenso zornig schauen konnten. Der Elf wusste, dass ihr Zorn ihn töten würde. Nicht aufgrund einer ihrer Handlungen, sie durfte ihm antun, wonach immer es ihr verlangte. Ihr Zorn selbst würde ihn töten. Er könnte es niemals ertragen, wenn sie wirklich böse auf ihn wäre. Das Lächeln überkam ihn stets, wenn er sie betrachtete. Ihr Anblick, ihre Anwesenheit, ihr Wesen löste ein hoffnungsvolles Gefühl von Glück und liebevoller Geborgenheit in ihm aus. Ein Gefühl, dass er so gern fest umklammern würde. Und die Angst um die damit verbundene Verlorenheit, wenn sie ihn wegschicken würde. Er betrachtete ihren friedvollen Schlaf und fühlte sich schuldig, konnte sich aber nicht losreissen. Es schenkte ihm soviel Glück in diesen letzten Zeiten.

Dafür hasste er sich. Diese Gefühle geziemten sich nicht für einen der Midwinter, die lebten um einer Aufgabe nachzukommen. Es geziemte sich nicht für ihn. Er hatte nicht einmal seiner Mutter Gefühle entgegen gebracht, wieso tat er dies nun bei einer Elfe? Er war kein Sklave, er war Erbe Midwinters. Eine Verantwortung, die über seinem eigenen Leben stand. Die drohende Gefahr für seine Heimat rief ihn kraftvoll. Er hatte das Gefühl sich zwischen den Welten zu verlieren.

Wer war sie nur, die seine Gelassenheit und Rationalität mit einem Augenaufschlag vernichtete, und die verkrüppelten Reste von Gefühlen, die tief verbannt schlummerten, weckte. Wer ist jemand, der uns die Kontrolle über uns selbst mit seiner bloßer Anwesenheit nimmt? Ein Feind? Seine alte Freundin, die Dunkelheit schlich sich wieder in

Kaylon ein und marterte ihn mit unheilvollen Träumen. Schreckte er davon gepeinigt empor, fiel sein erster Blick erneut auf ihr heiliges Gesicht. Kurz vor dem Morgengrauen kam ihm die Lösung in den Sinn. Die Erlösung von seinen Qualen. Solange sie mit ihm kam, musste er lediglich als Erbe Midwinters beim Verteidigen der Heimat sterben. Er konnte seine Schuld abtragen und würde ein letztes Mal ihre Nähe spüren. Kein Zwiespalt mehr und kein Austausch seiner Person. Frieden und Erfüllung seines Erbes. Kaylon lächelte.

Als sie ihr Lager abbrachen und Aminar das Feuer löschte, pustete Kaylon Tajana in den Nacken und kniff ihr spielerisch in die Seite. Sie wandte sich um, sah ihn spaßeshalber grimmig an, bevor sie lachte. Er verneigte sich edelmütig und verbeugte sich dabei tief. Möglichst glücklich blickte er sie an. Nachdem er sich wegdrehte und zu seinem Pferd trat, sah sie die Tränen in seinen Augen nicht. Tränen waren für Menschen, die sich nicht nehmen konnten, was sie wollten.

Das Brennen des Feuers in seinem Herzen hinterließ toten Boden. Jeder weitere Schritt in seinem Leben führte durch dieses Feuer als ein befreiendes Licht der Gewalt. Er kämpfte nicht gegen das Feuer an, er umarmte es. Allein. Seit seiner Kindheit hatten sich nacheinander alle von ihm abgewandt. Wer wollte schon zu eng mit einem Midwinter bekannt und damit dessen Willkür ausgesetzt sein? Er stand dem Feuerbrand daher allein gegenüber, es gab niemanden, dem er sich anvertrauen würde. Selbst die Person, von der die erste Flamme ausgegangen war, würde er nie wieder auf den Brand ansprechen.

Nur noch eine begrenzte Zeit, dann würde das Feuer ihn vernichten. Aber bis dahin spielte es keine Rolle mehr. Dann würde er bereits in Frieden ruhen.

Der Weg zwischen den Welten

„Hüte Deine Zunge, Zwerg, und überbringe einfach unsere Nachricht."

„Warum sollte ich so eine Nachricht überbringen und als Bote dafür getötet werden? Das ist Irrsinn, niemand wird Euch hinein lassen."

Der Zwerg spuckte auf den ohnehin feuchten Boden der Hafenspelunke, und ein wenig Speichel blieb an seinem Bart haften. Auf die Antwort war Kaylon vorbereitet. Zwerge hatten nicht viel Phantasie, daher brauchte man immer etwas handfestes um sie zu motivieren.

Der Midwinter warf ein in Leder umwickeltes kleines Bündel auf den Tisch. Kalt blickten seine Augen auf den Zwerg. Er sperrte seine eigenen Gefühle ein, da konnte er sich nicht für Gefühle anderer öffnen. Kaylons Leben war wie der kalte Stein in seinen Händen. Ein Zeichen. Ein Werkzeug. Ohne inneren Wert.

„Ich dachte, wir machen einen kleinen Handel. Du bringst mir eine positive Antwort ... natürlich mit dem offiziellen Siegel Deines Clanführers. Und dafür bekommst Du mehr davon", Kaylon senkte seinen Blick zu dem Bündel auf dem robusten Holztisch. Der Zwerg hob es misstrauisch auf und öffnete es. Er erblasste und seine Augen weiteten sich. Kaylon erhob sich von seinem Stuhl.

„Morgen warte ich hier auf die Antwort. Dann gibt es den Rest davon."

Kaylon schlenderte aus der Taverne hinaus, während der Zwerg weiterhin den Finger anstarrte, den er ausgewickelt hatte. Er kannte den Ring daran. Er selbst hatte den Ring geschmiedet und der Zwergendame seines Herzens dargebracht.

Sie hatten das Unglaubliche gewagt. Kaylon hatte Yorns Stamm ein Angebot gemacht. Den Resten des Stammes, dessen Mine sie bei Vyanheim vernichtet hatten. Die Transformation der Mine in das jetzt als Feld der Tränen bekannte Gebiet hatte den Sippenkrieg der Zwerge eingeleitet, der zur Zeit brutal und weitestgehend unter der Erde in den Welten des Elmbundes tobte.

Yorn hatte die Mine bei dem Angriff der Elfenkohorten verlassen, als die Erde über seinen Köpfen vernichtet worden war. Der Stammesvater war klug genug, damals direkt realisiert zu haben, dass diese Schächte verloren waren. Er war mit seiner Leibwache, seinen zwei engsten Beratern und ein paar in der Nähe befindlichen Familienangehörigen durch das Weltennetz entflohen. Hinter sich hatten sie den Zugang versiegelt, man konnte den anderen Rassen den Zugriff auf das Weltennetz des RarDak nicht erlauben.

Es war reiner Zufall gewesen, hier Yorn selbst zu treffen. Sie hatten nicht gewusst, dass sich Yorn nach Eyvengro zurückgezogen hatte. Erst als er das Siegel des großen Verfechters des RarDak sah, hatte Kaylon gewusst, mit wem er es zu tun hatte. Aber es gab kein Ausweichen, sie mussten durch das Weltennetz um Midwinter rechtzeitig zu erreichen.

„Wir können Euch direkt hier richten und Eure Köpfe die Schächte passieren lassen", bemerkte Yorn ruhig und hielt auf dem Thron sitzend seine Hand auf einer verzierten Streitaxt.

„Ja, nachvollziehbar", sagte Kaylon lapidar. Midwinter

handelten so, wie Yorn sprach. Aber sie dachten vorher nach.

„Aber Ihr habt uns lieber vor Euch treten lassen. Jetzt haben wir alle ein Problem."

Yorn spuckte zu Boden, aber Kaylon sprach, dies ignorierend, weiter.

„Ihr wollt uns töten, und wir wissen das. Das bricht natürlich das Angebot, welches ursprünglich geplant war."

„Ihr werdet uns schon bei Folter berichten, wo sich dieser Thorwinclan versteckt hält", erwiderte Yorn mit rauher Stimme. Der Thorwinclan hatte damals dem Ring der Sha'anaar den Plan der Mine von Yorn verschafft. Informationen über den Aufenthaltsort des Clans zu geben, war Kaylons Angebot gewesen.

Kaylon hob nur kurz gelangweilt die Augenbrauen, als das Wort Folter fiel. Wie wollte diese Welt ihm noch weh tun?

„Das Problem ist wohl eher grün."

Kaylon allein führte das Wort, die zwei Elfen und die Ara'chid hinter sich stehend wissend. Dies war sein Weg. Ihre Waffen trugen einige zwergische Minenverteidiger, man hatte sie ihnen beim Eingang in die Minen abgenommen.

„Grün?", fragte Yorn unwirsch.

„Ja, ein wenig nebelig und warm auf der Haut."

Die Hände aller Zwerge fuhren hektisch zu ihren Waffen. Leise lachte Kaylon spöttisch.

„Liebster Yorn, eine einzige Waffe in meine Richtung, und ich verliere meinen Humor. Keygon bekam dies nicht gut."

Seine Anspielung auf die Minen von Keygon verstanden die Zwerge auf Anhieb.

„Begleitet uns bitte persönlich auf unserem Weg, Yorn. Ich weiß, Ihr habt vertrauenswürdige Berater, aber ich bevorzuge Eure Gesellschaft."

Hasserfüllt starrte der Stammesvater den Midwinter an. Der Zwerg verfluchte sich selbst dafür, dass er den Todesnebel in seine Mine gelassen hatte. Das befürchtete er nach Kaylons Anspielungen zumindest gerade. Ein grüner Hauch breitete sich von der Ara'chid aus. Schnell sprang der Stammesvater auf und seine Streitaxt klapperte zu Boden.

„Ich führe Euch", presste er mühsam aus seinem Mund hervor bei dem Versuch ja keine Luft einzuatmen.

Kaylon lächelte kalt. Er gab der Ara'chid ein Zeichen und ihre grüne Aura verschwand in der Halle des Throns.

„Ich hätte wohl Euren ersten Berater ebenfalls als Führer akzeptiert, aber ich hörte er ist unpässlich?", bemerkte Kaylon mit sehr freundlichem Ton, während Yorn zu ihnen trat.

„Er wurde des Verrats überführt und gerichtet."

Kaylon nickte mit spielerisch überraschtem Gesicht.

„Wenn man sich nicht mal mehr seinen engsten Getreuen sicher sein kann…"

Kaylon wusste, was dem Berater zugestossen war. Er hatte den Stammesvater zu gut beraten und zur Flucht aus der Mine des Stammes in Vyanheim gedrängt. Nur dem Berater war es zu verdanken, dass der Stammesvater entkommen war, und dass es den Clan noch gab. Soviel Verdienst musste mit dem Tod belohnt werden. Yorn konnte nicht zulassen, dass das Gerücht in Umlauf kam, er wäre vor dem Angriff geflohen. Also wurde der Berater geköpft, weil er angeblich den Stammesvater aus der Mine gelockt hatte und mit den Angreifern gemeinsame Sache machte. Sicher hatte er Verständnis für diese schwere Entscheidung Yorns gehabt. Sicherlich. Das war Politik.

Yorn führte sie gezwungenermaßen durch das Weltennetz bis in die verwaisten Minen von Keygon. Sie fielen durch zwei der sogenannten Tiefen Schächte. Hier in den verlassenen Gängen von Keygon hatte der Todesnebel gewütet. Und Kaylon hatte ihn freigelassen. Der Todesnebel war keine Magie. Zumindest nicht wirklich. Alle hatten gedacht, dass Magier unter Kaylons Kommando die tödliche Botschaft freigesetzt hatten. In Wahrheit entstammte er dem Kalten Stein. Der Geheimdienst der Midwinter hatte seine Getreuen entsandt, sie hatten die Waffe freigesetzt. Der grünliche Todesnebel war eine Mischung aus dem Gestank verwester Leichen, der Asche verbrannter und besonders giftiger Tiere, angereichert mit weiterem giftigen Staub, gesprüht auf einen Schwarm ekliger Stachelflieger, kleine Insekten. Die Flieger lebten selbst nicht lange, nur wenige Stunden bis die giftige Mischung auch sie tötete. Ein wenig Magie kam dann noch ins Spiel, aber lediglich um mit leichtem Wind die Insekten auf den richtigen Weg zu bringen. Die Zwerge, die entkommen waren und bloss noch gezwungen wurden, zu sehen, wie Kaylons Soldaten die Leichen ihrer Kameraden nachher verspeisten, hatten von einem grauenvollen nebligen Wesen des Todes berichtet. Der Todesnebel hatte nichts mit der Aura der Ara'chid zu tun. Dies war lediglich grünes Pulver gewesen.

Auf dem Weg durch die Minen war Kaylon schweigsam. Die anderen respektierten dies, lediglich die Ara'chid trat zu dem Midwinter. Kein Ara'chid hatte Angst davor mit einem Midwinter zu reden.

„Ihre Küsse können Heilung und Wärme schenken", bemerkte das junge Mädchen mit einem Blick zu Tajana, den man unter der Kapuze ihres Umhanges in den lediglich von ihren Fackeln beleuchteten Gängen nicht ausmachen konnte. „Sie ist eine Elfe. Ihre Lippen sollten über Feuer rösten", antworte Kaylon spröde. Die Ara'chid erwiderte: „Ja, mein Lord. Mögen Eure Feinde brennen."

Kaylon erinnerte sich an den Tod seines Vaters durch ein Elfenschwert auf dem Schlachtfeld bei der Verteidigung eines Mondtores. Er war nicht durch seine Klinge, die eines Erben gestorben, wie dies Schicksal der Midwinter sein sollte. Drei Tage lang nach der nur schwerlich gewonnenen Schlacht, hatte Kaylon in seinem Zelt verbracht. Drei Tage, die er am Rand des Wahnsinns gestanden hatte, mutlos, willenlos, dem geistigen Tode nahe. Eine Elfe hatte ihn in diesen Tagen gehalten und im Kraft geschenkt. Sie war zu der damaligen Zeit seine inoffizielle Anvertraute, eine Elfe, die ihren Hass zu den Midwinter für ihn verloren hatte. Liebevoll war sie bei ihm geblieben, hatte ihn in ihren Armen gebettet und ihm Zärtlichkeit geschenkt. Dank ihr hatte er die Kraft gefunden, den Verlust seines Vaters zu überwinden. Trotz aller anerzogenen Feindschaft zwischen den Generationen der Midwinter, waren Kaylon und sein Vater eine Einheit gewesen. Sie hatten sich verstanden, auch wenn jeder gewusst hatte, dass es einen Bruch in der Zukunft geben musste. Diese Elfe war seine Rettung. Sie war seine Liebe. Ein Zeichen seiner inneren Schwäche. Ein Beweis. Am Morgen des dritten Tages baumelte sie an einem Strick im Kriegslager, wegen angeblichen Verrates an der königlichen Familie Midwinter. Kein Midwinter konnte sich ein Zeichen von Schwäche erlauben.

HEIMAT

Kaylon atmete die Luft Midwinters tief ein. Er war wieder in seiner Heimat, dem wunderschönen Midwinter. Dies war seine Welt, dies war sein Schicksal. Er hatte sich in diese Welt zurückgeschlichen, seine Ankunft war unbekannt. Tajana ergriff seine Hand, als sie mit ihm aus dem Schacht trat. Kaylon zeigte keine Reaktion. Diese Mine war ein verfluchter Ort. Hier hielt sich niemand gern auf. So geschah es, dass Kaylon, Tajana und Aminar ungesehen eintrafen. Die Ara'chid ging mit gesenktem Kopf hinter ihnen. Yorn war froh, endlich frei gehen zu können. Kaylon blickte ihm nach, als der Zwerg in der Dunkelheit verschwand, aus der sie gekommen waren. Einige Szenarien spielten sich vor seinem inneren Auge ab. Doch er ließ den Moment verstreichen und Yorn heimkehren.

Kaylon erinnerte sich an die Worte seines Vaters: „Man definiert sich nicht daraus, was man ist, sondern wie man sich abgrenzt. Folglich ist nicht entscheidend was Du tust, sondern was Du nicht tust."

Der Erbe der Midwinter wandte sich zu der Ara'chid und befahl ihr: „Geht und berichtet den Ara'chid, dass Midwinter auf dem Spiel steht. Sagt Ihnen, Königin Maylin Midwinter befiehlt Ihnen, sich dem Erben Midwinters anzuschließen um Midwinter zu verteidigen."

Jede Person hätte irritiert geschaut und zumindest gezögert. Kaylon verlangte vom dem Mädchen, ihrem eigenen Kult falsche Informationen zu geben. Doch die Ara'chid nickte lediglich. Sie gehörte ihm, Maylin Midwinter hatte dies befohlen. Jetzt würde das Mädchen auch für ihn lügen. Sie war sein Werkzeug, wie ein Schwert. Vielleicht das einzige Lebewesen, dem er ein wenig Vertrauen schenken konnte. Doch Vertrauen war nichts, was Kaylon nutzte. Er gab der Ara'chid noch einige Anweisungen mit auf den Weg, bevor sich die Gruppe trennte. Während er mit dem Mädchen sprach, zog Aminar Tajana beiseite.

„Tajana, pass auf Kaylon auf!"

Kaylons Atrîsh zuckte mit den Schultern: „Er ist mein Velaai. Er wird immer machen, was ich ihm befehle."

Aminar hob die dunklen Augenbrauen und sah ihre Druidenschwester eindringlich an.

„Du verlierst ihn. Hilf ihm bei den Dämonen, die ihn quälen. Merkst Du nicht, wie er untergeht?"

„Er will Midwinter verteidigen und den Gefallen tun wir ihm", sagte die goldhaarige Elfe kalt.

„Tajana, ich war bei seiner Geburt dabei, war Zeuge seiner Kindheit. Denk an all die Jahre, die ich als Spionin im Palast von Elassus nah der königlichen Familie war. Vielleicht war es vorbestimmt, dass dieser Mann in den Kreis Deiner Velaar eintrat. Aber er ist nicht einfach das, was Du denkst."

„Er hat zu gehorchen und ist mein."

„Alle Welten wissen, dass die Midwinter ihre Eltern töten und nichts an sich heranlassen. Die Midwinter sind geschickt darin, diesen Glauben zu festigen."

„Worauf willst Du hinaus, Aminar?"

„Kaylons Vater starb bei der Verteidigung eines Mondtores. Meine Nachfolgerin, eine druidische Spionin namens Alissis, war damals an Kaylons Seite."

Tajana zeigte kein Interesse an dem Gespräch und hörte nur unaufmerksam zu. Sie fütterte ihre Hündin Asha.

„Alissis hatte sich in den Erben verliebt, die beiden hatten eine geheime Beziehung."

Die Atrîsh wandte sich langsam zu Aminar.

„Eine Elfe und ein Midwinter?", fragte sie überrascht.

„Ja. Sein Vater hat es geduldet. Alissis war bei ihm um ihm zu helfen den Tod seines Vaters zu verkraften. Dafür wurde sie gehängt. Sie wurde noch im Kriegslager an einen Baum aufgeknüpft, als Mahnmal, nachdem sie ihn getröstet hatte, denn er durfte keine Schwäche zeigen", Aminar deutete auf Kaylon.

Die Ara'chid nahm jeden der Befehle des Lords ohne Widerspruch entgegen. Sie hatte keine Angst zu widersprechen. Sie war eine Ara'chid und würde einen Midwinter auf Fehler aufmerksam machen. Doch die Ara'chid hatten Vertrauen in die Familie Midwinter. Sie wussten, dass die Midwinter nicht zögerten, wenn etwas getan werden musste. Der Kult unterrichtete seine Mitglieder auch über die Geschichte der Midwinter und ihre Errungenschaften und Heldentaten. Sie wusste, dass der Mann vor ihr keine Verzögerung eingegangen war, als sein Vater gestorben war. Er hatte als erstes Midwinter verteidigt und die beinah verlorene Schlacht am Mondtor in einen Sieg verwandelt, ließ eine verräterische Elfe richten und entsandte danach mehrere Ara'chid des Kalten Steins um die wenigen Freunde, die er auf Midwinter besaß und denen er vertraut hatte, zu vergiften. Sie alle entschliefen im schnellen Tod, wenige Tage nach dem Tod Kaylons Vaters. Damit bewies er Stärke, er allein war sich genug. Der Lord Midwinter hatte damals alle seine Fesseln gelöst. Er war bereit, der kommende Herrscher von Midwinter zu werden. Die Ara'chid hatten ihn bewundert, seit langem gab es keinen so starken Herrscher mehr in Midwinter. Er übertraf seine Ahnen.

„Ein Mahnmal, dass sich keine Elfe in ihn verliebt. Das wäre wohl kaum nötig gewesen", bemerkte Tajana spöttisch.

„Nein, ein Mahnmal für Kaylon, sich in keine Elfe zu verlieben. Als er am dritten Tag der Trauer plötzlich erwachte und sie nicht mehr bei sich vorfand, lag stattdessen ein Brief in seinem Zelt."

Jetzt hatte Aminar ihre Aufmerksamkeit. Sie spürte, dass Kaylons Leben, das Leben eines Midwinter, ein Gang durch das Feuer war.

„Seine Schwester Maylin hatte ihm den Brief geschrieben."

Kaylon sah dem Mädchen düster in die Augen, als sie bemerkte: „Die Ara'chid werden kommen, denn sie wissen, dass Königin Maylin mich zu sich gerufen hatte. Aber ob sie vermögen, die eintreffenden Armeen zu schlagen?"

Der Lord Midwinter erwartete dies nicht. Aber das würde er dem Mädchen nicht erläutern. Schwäche wurde nicht gezeigt. Es würde die Welt Midwinter vernichten. Die Zeiten hatten sich für ihn mit dem Tod seines Vaters gewandelt. Die Welt wandelte sich für den damals jungen Lord. Er hatte zu der Zeit auch den Tod aller seine Freunde befohlen. Kaylon erinnerte sich sehr gut an jedes Wort auf dem Stück Pergament, das drei Tage nach dem Tod seines Vaters in seinem Zelt gelegen hatte.

„Werter Bruder, die Welt schaut auf Dich. Du bist unser aller Favorit nach dem Tode Vaters. Dich im Zelt zu verkriechen und von einer Elfe trösten zu lassen, ist sicher nicht die Art, Stärke zu demonstrieren. Ich sprach mit Mutter darüber, sie ist meiner Meinung. Von einem Midwinter wird mehr erwartet. Unser Geschenk erwartet Dich, hoffentlich vergisst Du nie, dass wir Dir diesen Gefallen erwiesen haben. Übrigens verlässt Mutter Elassus, sie wird in der Feste Midwinter den Angriff erwarten. Die nächsten Jahre wirst Du sicherlich die Armeen unter Deinem Kommando festigen und den Angriff auf die Feste vorbereiten. Ich werde für Deine Stärke sorgen, liebster Bruder. Ich werde Dich durch alle Schwächen leiten. Deine Maylin."

Er erinnerte sich an jedes dieser Worte, wie auch an den kalten Wind, der seine Wangen gestreichelt hatte, als er hinaus getreten war, und Alissis baumeln sah. Das wenige was er tun konnte, ließ der Lord Midwinter geschehen. Er schickte Ara'chid aus um die Menschen zu töten, die auf der Liste der Schwächen standen. Sie entschliefen friedlich. Mehr war nicht möglich. Maylin hätte weitere Exempel an ihnen statuiert. Und daran wäre nichts friedliches gewesen.

Die Schmiede der Midwinter bestand aus einem unbändigen Feuer, dass jeden Familienstahl in eine unnachgiebige Waffe verwandelte.

In dieser Nacht, die sie in einer Dorftaverne verbrachten, trat Kaylon zu Tajana, als sie nach einem letzten Gespräch mit Aminar in ihr gemeinsames Zimmer kam.

„Tajana, bitte nimm mir meine Gedanken. Befreie mich."

Aufmerksam sah ihn die attraktive Elfe an. Sie versuchte aus seinem Blick schlau zu werden. Viele Männer hatte sie bereits gelesen, aber dieser Midwinter war oft ein geschlossenes Buch.

„Was genau meinst Du, Kaylon?", fragte sie ihn, während sie ihn betrachtete. Ihre kühlen blauen Augen musterten ihn genau. Sie sah darin mehr, als jemals zuvor. Es weckte etwas in ihr.

„Brich meine Kontrolle. Ich brauche eine Pause von mir, ich… Tu einfach, was Du kannst, Tajana. Bitte."

Sie schritt zu ihm und schmiegte ihren Körper an ihn.

„Kaylon, wir müssen das nicht für mich tun."

Er wich ihren Blick aus.

„Aber für mich", meinte er entschieden.

Seine Atrîsh begann ihn zu fesseln.

„Dir wird es keine Freude bereiten", sagte sie kalt. Das will ich auch nicht, dachte Kaylon. Er ergab sich dem Schmerz und ließ sich befreien. Bald war er nicht mehr Kaylon, Erbe der Midwinter, stattdessen nur noch Fleisch. Seelenlos, und jeder Gedanke durch Schmerz verdrängt. So ließ es sich Leben.

Der schwierigste Schritt war, die elfische Rebellenfront zu überzeugen, mit ihnen zu reden. Es hatte Tage in Anspruch genommen, und Kaylon musste sich in der ersten Kontaktaufnahme bedeckt halten. Aminar und Tajana führten die Verhandlungen. Letztlich gelang es ihnen, zu einigen Rebellenführern geführt zu werden. Ihnen waren auf dem Weg die Augen verbunden worden, aber sie kamen lebend an. Kaylon hätte nicht darauf gewettet.

Aminar redete mit den Elfen. Tajana redete mit den Elfen. Dann wieder Aminar. Sie alle saßen auf einer blühenden Wiese, ein paar Rinnsale mit klarem Wasser flossen um sie herum. Kaylon gähnte mehrfach provozierend. Die Elfen hassten ihn naturgemäß. Aber wenigstens lag sein Seelenblatt seit seinem letzten Zusammentreffen mit der Rebellion nicht mehr auf der Waage der Elfen. Damals wurde das

Todesurteil aufgehoben, da er Teil der Wächter des Anaar war. Seine Zugehörigkeit zum Rings der Sha'anaar hatte ihn damals gerettet. Trotzdem würde er sich nicht wundern, wenn einer der Elfen sich nicht länger zurückhielt. Zwischendurch konzentrierte er sich auf die brennenden Striemen an seinem Rücken. Sie zwangen ihn voranzuschreiten. Zur Überraschung aller Anwesenden stand er auf und reckte sich. Er gähnte ein weiteres Mal, bis alle verstummt waren und ihn misstrauisch anblickten. Dann erhob er seine Stimme: „Kürzen wir das ganze ab. Ich bin hier kein Unbekannter. Ich bin der Erbe Midwinters. Aber momentan sieht es nicht so aus, als werde ich König. Dennoch ist mein Anliegen, Midwinter zu verteidigen. Das ist auf der einen Seite die Famile, auf der anderen unser aller Welt. Auch Eure. Ihr verratet diese Welt, weil Ihr gegen uns rebelliert und in dem Ihr dem Crim'Idor immer wieder Informationen zuspielt."

Aggressives Gemurmel ertönte, doch Kaylon wischte es mit einer Handbewegung fort.

„Beschönigen kostet nur Zeit, die wir nicht haben. Der Crim'Idor kennt Mondtore, die nicht bewacht werden. Elfenkohorten werden mit Thelanischen Armeen in Midwinter einmarschieren. Sie werden diese Welt erobern. Midwinter ist auch Eure Heimat. Falls Ihr dies im Innersten Eures Seins anders seht, kann ich das nicht ändern. Falls nicht, könnt Ihr mit mir Midwinter verteidigen."

Er zuckte mit den Schultern, als wäre ihm alles recht. Das war es auch. Er tat nur, was er musste. Bösartiges Lachen schlug ihm entgegen.

„Es bleiben also zwei Optionen. Ich ernenne Euch zur ersten Elfischen Verteidigungsfront von Midwinter mit dem unwiderruflichen Recht Zenturien und Kohorten zu stellen und zu verwalten, Ihr habt damit eigene Armeen. Und die setzt Ihr zur Verteidgung Midwinters ein."

Er gähnte erneut. Aminar sah ihn an, er spürte, dass sie es wusste, lesen konnte, was er verbarg. Aber Tajana war verwirrt, dies entsprach nicht dem, was sie an Taktik abgesprochen hatten.

Ein Führer der Rebellen stand auf, ein sichtbar älterer Elf mit nachdenklichen Augen.

„Ihr glaubt nicht im Ernst, dass wir dies annehmen?"

Kaylon zuckte erneut mit den Schultern: „Bleibt noch die zweite Option."

„Welche ist das?", fragte eine junge Elfe mit energischer Stimme.

Mit einem traurigen Blick schaute Kaylon den Elfenführer mit offenen Augen an: „Wollt Ihr nicht noch einmal über die erste Option nachdenken?"

Der Blick mit dem sich der Lord Midwinter und der Elfenführer ansahen, war ein sanfter, trauriger Blick von Männern, die dachten bereits alles verloren zu haben. Dies waren die gefährlichsten.

„Was ist die zweite Option?", forderte die Elfe lautstark. Tajana stand auf und trat an Kaylons Seite, aber er ignorierte sie. Er schritt auf die Elfe zu und bückte sich vor ihren Füßen. Mit der Hand griff er einen kleinen Stein, der vor ihren Stiefeln lag. Er warf ihn der Elfe zu, die ihn aus einem Reflex heraus überrascht fing.

„Die Option sind die Steine zu Euren Füßen. Sie gelten Euch und jedem, mit dem Ihr sie teilt."

Sprachlos mit weit offenem Mund starrte die Elfe ihn an und versucht die Information einzuordnen. Der Elf fragte:

„Ihr habt die Ara'chid hergebracht?"

„Sie sind uns gefolgt. Ich gehe nicht davon aus, dass sie gesehen wurden. Aber schaut zu Euren Füßen und nehmt Euren Stein."

„Ihr seid nicht König von Midwinter. Warum sollten sie Euch folgen?", bemerkte der Elf spöttisch, aber einige der versammelten Elfen hoben Steine von der Wiese auf, die bei ihnen lagen.

„Die Verteidigung von Midwinter ruft. Diesem Ruf entgehen auch die Ara'chid nicht. Vergesst die Steine für einen Moment", meinte Kaylon eindringlich und drehte sich wieder dem Elf zu.

„Mein Angebot gilt noch. Helft Midwinter, es ist Eure Heimat."

„Oder wir sterben heute?", fragte der Elf hasserfüllt.

Kaylon sah ihn resigniert an: „Nicht, wenn es sich verhindern lässt."

SCHLACHT UM MIDWINTER

Kaylon stand vor dem Mondtor und sog die kalte Luft ein. Er erinnerte sich gut an den letzten Versuch feindlicher Armeen, Midwinter durch ein Mondtor zu erobern. Es war der letzte Tag der Herrschaft von König Marwayn Midwinter. Damals hatten sie ein wenig mehr Zeit gehabt die Verteidigung zu planen und die Königlichen Armeen waren anwesend. Viel Blut war vergossen worden, zu viel Blut.

Jetzt war Kaylon ein Mann. Seit diesem längst vergangen Tag. Alles was er wusste, wo er war, was er gesehen hatte, alle diese Blickwinkel hatten sich dort auf dem Schlachtfeld und danach geändert. Er hatte Unvorstellbares getan, dass niemals vergeben werden konnte.

„Er ist ein anderer hier auf Midwinter", flüsterte Tajana Aminar zu.

„Er lebt in traurigen Erinnerungen und düsteren Zukunftsvisionen, Tajana."

Tajana schien nicht zu verstehen. Aber Aminar verstand. Sie hatte ihn aufwachsen sehen, wusste über die Erziehung, und was er alles lernen musste. Und sie erinnerte sich an dieses stille ruhige Kind, das er einst gewesen war.

Kaylon kniete nieder und schloss die Augen, eine Hand auf den Altar im Inneren des Mondportalkreises gelegt.

„Er ist bereit alles zu geben, Tajana. Auch für Dich."

„Ich brauche nichts."

„Ja, und das weiss er. Es vernichtet ihn. Deshalb sind wir hier. Hier kann er etwas tun."

„Was kann er hier tun? Das ist alles ein schlechter Witz,

niemals können wir die Armeen aufhalten. Hier wartet nur der Tod."

„Ja, ich denke, das weiss er."

„Und was soll das dann?"

Aminar wusste nicht, wie sie dies ihrer Freundin erklären sollte. Es war das einzige, das Kaylon seiner Ansicht nach tun konnte.

Kaylon wurde eins mit sich. Es gab keinen Grund mehr zu Angst, Schmerzen oder Nervosität. In einer Schlacht musste ein Anführer eine Quelle der Ruhe und Sorglosigkeit sein. Sein Vater Marwayn hatte ihm beigebracht diesen Zustand zu erreichen. Er hatte gesagt: „Danach ist es auf jeden Fall vorbei, Kaylon, unwichtig wie es ausgeht."

Er trug die Rüstung seines Vaters, die mit Magie beseelten schwarzen Platten. Er trug das Schwert seines Vaters, den mächtigen Bihänder. Er trug die Last seines Vaters, die Verteidigung des Mondtores. Er war frei wie sein Vater, denn danach würde es vorbei sein.

„Aminar, erinnerst Du Dich daran, wie wir Kaylon das Anaar über das Mondtor in Eyvengro berühren ließen?", fragte Tajana die andere Elfe. Ihr goldenes Haar schien im Mondlicht. Aminar nickte. Tajana sinnierte kurz.

„Kaylon hat mir danach etwas erzählt. Ich habe nicht unbedingt", sie stockte kurz und sprach weiter, „richtig zugehört. Er sagte, er hätte ein Flüstern vernommen."

„Das passiert vielen Velaaren."

„Genau, daher hab ich auch nicht zugehört. Aber ich glaube er sagte auch, er hätte mehrere Stimmen herausgehört. Eine davon war die seines Vaters."

Aminar blickte geschockt zu Tajana. Das Anaar versuchte immer wieder, mit einem Velaar Kontakt aufzunehmen, wenn es berührt wurde um ihn auf seine Seite zu ziehen. Aber wenn er seinen Vater gehört hatte, war es entweder sehr deutlich zu vernehmen gewesen, oder Kaylon hatte halluziniert.

„Ich werde keine Angst haben, keine Sorge wird mich plagen, hier unter dem Mondschein vor dem Tor der Welten. Ich schütze meine Heimat, dafür wurde ich geboren, dafür werde ich sie verlassen. Dafür werden wir geboren."

Kaylon wiederholte die Worte seines Vaters, die dieser für sie beide vor der damaligen Schlacht gesprochen hatte. Die Verteidigung des Mondtores bot nicht viele Möglichkeiten. Da es ein gerichteter Weg war, konnte man dieses Mondtor hier nicht einfach vernichten. Die Angreifer von der anderen Seite würden dennoch in Midwinter auftauchen. Auch konnten sie aus demselben Grund den Eroberern nicht auf der anderen Welt entgegentreten. Demnach ließen sich die kommenden Armeen lediglich erwarten. Kaylon würde sie empfangen, aber er hatte keine eigenen Streitkräfte hinter sich. Seltsam, auf der einen Seite besaß er als Midwinter alles auf dieser Welt. Trotzdem war er allein und nicht frei.

Als die Armeen durch das Mondtor schritten, Elfische Kohorten und Thelanische stark gepanzerte Kriegertruppen, stand Kaylon aufrecht. Er befand sich vielleicht hundert Meter entfernt, dort wo Waldrand in die freie Fläche überging, auf der das Portal wartete. Die Truppführer bemerkten ihn, sahen seine Gestalt im Mondschein, als er das Schwert zum Gruss erhob. Sie hatten niemanden auf der anderen Seite dieses geheimen Mondtores erwartet.

Dort stand er. Der Lord Midwinter. Sohn von Aylis und Marwayn Midwinter. Seine grünen Augen starrten auf die eintreffenden Feinde. Seine Schwertklinge spiegelte sich im Mondschein. Sein Wort war das der Midwinter. Sein Wort war Gesetz.

Aus allen Seiten des Elmsteinkreises drangen die feindlichen Armeen in Midwinter ein. Sie marschierten. Kaylon Midwinter schrie eine Begrüßung. Elfischer Gesang erhob sich aus den umliegenden Wäldern. Es war eine Botschaft, gerichtet an die Streitkräfte der Vi'landor Familie. Die Lanzen der Zenturien blickten unsicher. Die Soldaten der Thelanischen Armee fanden die Gesänge zunächst nicht irritierend, sie wussten, dass die elfische Rebellion auf Midwinter ihnen dieses Portal genannt hatte. Eine der ersten Lanzen, die aus dem Portal schritt, rief den anderen Führern der nachfolgenden Zenturien Kommandos zu. Die Barden der Kohorten begannen den Elfen aus den Wäldern zu antworten.

Plötzlich trat Tajana aus den Schatten der Bäume an Kaylons Seite. Er erschrak leicht. Nicht weil er überrascht war, sondern aufgrund ihrer Nähe.

„Denkst Du wirklich, wir können Ihnen vertrauen?"

„Nein, das können wir nicht."

„Aber ...", begann Tajana und brach dann ab. Vielleicht hatte Aminar Recht, und dieser Kaylon war ihr fremd. Er war so voller Stärke und Beherrschung. Irgendwann wandte er sich ihr zu, vermied es aber in ihre Augen zu schauen.

„Dies sind alles Feinde."

Die Elfen sangen einander Botschaften zu, als plötzlich Thelanische Soldaten tot zu Boden fielen. Der einzige

Vorteil, den man hatte, wenn man Streitkräfte aufhalten wollte, die durch ein Mondportal marschierten, war die Überraschung. Der Feind trat nacheinander in die neue Welt, die hinteren Reihen wussten nicht, was vorne bereits geschah. Die vereinzelten Leichen, auf die sie traten und der Gesang der Elfen macht die Fori'Thelaner nervös. Vor allem die vielen toten Hauptmänner und das damit verbundene Ausbleiben von Befehlen war ein ernstes Problem. Der Gesang der Elfenrebellen warnte die Vi'landor. Das hatte Kaylon gewusst, aber den Rebellen auch erlaubt. Ihr Abkommen war, dass weder Kaylon noch die Rebellen die Elfen angreifen würden. Der Midwinter hatte eingewilligt. Er wusste, dass die Elfenrebellen niemals Pfeile auf andere Elfen geschossen hätten.

Aber die Rebellen hatten nicht den geringsten Skrupel, auf Menschen ihren Pfeilhagel niedergehen zu lassen. Kaylon musst sie nach seinem unwiderstehlichem Angebot nicht lange darum bitten. Die Ara'chid hatten auf Kaylons Befehl hin Gifte verteilt, welche jetzt die Pfeilspitzen der Elfenrebellen benetzten.

Kaylon atmete tief die nächtliche Luft Midwinters ein. Feinde hatten etwas positives. Man wusste immer, woran man bei ihnen war. Bei Freunden sah dies anders aus. Auch die untereinander Verbündeten, die dort durch das Mondtor eintraten, mussten diese Erfahrung machen. Thelaner und Vi'landor Kohorten waren auf Penagramn im letzten Kampf um Mondgestein noch Feinde gewesen. Heute waren sie als Verbündete losmarschiert. Doch im Mondlicht sah alles anders aus, als noch bei Tage.

Nur menschliche Soldaten fielen, nur ihre Hauptmänner starben in der Dunkelheit. Die Elfen sangen und eben solcher Gesang antwortete ihnen aus den Wäldern. Und nun drang ein gewaltiger Pfeilhagel auf die Thelaner ein. Erfahrene Lanzen der Vi'landor hätten den Handel sicherlich durchschaut, den Kaylon angeboten hatte. Er jedoch hatte mit Elfenrebellen gesprochen, die nicht über die Erfahrung militärischer Strategie und Taktik verfügten. Der Lord Midwinter lächelte, als die Pfeile die Kampftruppen der Fori'Thelaner trafen. Etliche starben direkt durch die Pfeile, trotzdem hätte dies niemals gereicht, um die verbündeten Vi'landor und Thelanischer aufzuhalten.

Doch die Elfenpfeile aus den Wäldern trafen nur Menschen. Selbst der dümmste Soldat bemerkte dies, trotz der Panik im Gefecht. Immerhin war der Krieg ihr Tagesgeschäft. Manch ein Pfeil tötete, manch einer verletzte nur. Allerdings gefiel Kaylon ein verletzter Thelaner weit mehr als ein toter. Zumindest in dieser Phase seines Verteidigungsplans. Als die letzten Armeen unter Pfeilbeschuss eintraten, hatte der Kampf um das Mondportal herum bereits begonnen. Die Thelaner griffen ihre elfischen Verbündeten an.

Als die Elfen begannen sich zu verteidigen, wurde es noch schlimmer. Jetzt sahen sich die Thelaner in ihrer Überzeugung, dass dies ein elfischer Hinterhalt war, bestätigt.

Angesichts der aus den Wäldern angreifenden Rebellen, die nun im Kampfgetümmel an die Seite der anderen Elfen stürmten, wäre der Untergang der Thelaner besiegelt gewesen. Vor allem, weil Kaylons Ara'chid vorher viele ihrer Hauptmänner aus den Schatten getötet hatten. Elfenpfeile bohrten sich weiterhin in die neu aus dem Portal eintreffenden menschlichen Soldaten, während sich daneben die Streitkräfte der Vi'landor mit den Rebellen mischten und gegen die plattengeschützten Krieger zum Gesang der Barden antraten.

Schon Kaylons Vater hatte ihm beigebracht, die einzelnen Truppenteile im Ungewissen zu lassen. Nicht jeder musste die Taktik vollständig begreifen, was bringt es schon positives für die Schlacht, wenn ein Truppenteil über seine Opferung in Kenntnis gesetzt war. Die Rebellen dachten, das Gift würde die Thelanischen Soldaten töten, die lediglich von Pfeilen verwundet waren. Es waren aber genau diese Soldaten, die den Untergang der Vi'landor und der Rebellen forderten.

Die Ara'chid hatten den Rebellen kein Gift gegeben, sondern auf Befehl Kaylons Eshnawenom. Dies verabreichen die Midwinter in Notfällen den eigenen Soldaten, um diese in einen Beserkerkampfrausch zu versetzen, in dem sie alles niederwalzten und zerstückelten, was in ihren Weg kam. Die Thelaner, die nicht von den Pfeilen getötet wurden, wandelten sich in furchtlose Kriegsmaschinen, die der eigene Tod nicht ängstigte. Die Elfen wurden von ihnen überrannt.

Glücklicherweise für die Elfen schafften es die Lanzen mit Hilfe der Barden ihre Reihen zu ordnen, und der puren Kraft der geputschten Thelaner die Effizienz von Elfenkriegern entgegenzustemmen. Sehr viel Blut floss hier am Portal. Kaylon sah auf das Geschehen. Zwar hatten ihn die ersten Soldaten vorher am Waldrand erblickt, aber in der Schlacht war die einzelne Gestalt dort schnell vergessen gewesen. So stand er hier, Tajana bei sich wissend und schaute auf das Gemetzel. Sein Plan war erfolgreicher als er gewünscht hatte. Wer auch immer am Ende übrig blieb, es reichte nicht um Midwinter auch nur annähernd zu schaden. Die Armeen von Elfen und Thelanischen Soldaten strömten aus dem Mondtor um nach wenigen Augenblicken der Orientierung übereinander herzufallen. Er hörte Tajanas bewundernde Stimme: „Was auch immer Du getan hast, Kaylon, es funk…"

Er wartete das Ende ihres Satzes nicht länger ab. Ihre Stimme schnitt mehr in sein Fleisch, als jede Waffe die vor ihm lag. Der Lord Midwinter ließ einen Kampfschrei erklingen, reckte sein Schwert und rannte in die Schlacht.

Überrascht sah seine Atrîsh auf den in das Getümmel stürmenden Kämpfer. Plötzlich verstand sie was er vorhatte. Aminars Warnungen schlugen zu und trafen auf einen Nerv. Sie würde ihn verlieren, hier und heute.

Kaylon erreichte die Grenze des Blutes, wo die Seiten aufeinander trafen. Elfen Midwinters mit Elfen von Vi'landor gegen Thelanische Soldaten. Pure Effizienz und Reaktionsgeschwindigkeit gegen harte Rüstung und brutale Kraft. Kaylon machte es sich einfach. Er setzte sein Schwert gegen alles ein. Die Thelanerkrieger mit vor Schaum triefenden Mündern fielen von ihm enthauptet nieder, es gab kaum einen besseren Weg einen Berserker zu stoppen. Das Eshnawenom tat seinen Dienst. Elfen blickten verwirrt, als sich ein Schwert, dass sich gerade noch in einen ihnen zugewandten Krieger gebohrt hatte, direkt im Anschluss ihrem Leib widmete. Der Lord Midwinter steigerte sich in seinem Rausch, brüllte die Kampfschreie seiner Ahnen und fiel in die Schlacht ein. Er hackte, bohrte, schlug sich seinen Weg. Dies war kein Kampf, es war ein blutiges Gemetzel. Die Chance es zu überleben, war nicht vorhanden. Ein

Lächeln trieb ihn an. Sein Lächeln. Es war sein Lächeln der letzten Zeiten.

Wir sind Midwinter. Wir halten unser Wort. Wir sind loyal. Wir verteidigen die Heimat. Ehre ist unser Leben. Bis zum Tod. Unser Leben gehört der Heimat.

Der Ehrenkodex, welcher der Familie Midwinterf oblag, war komplex und sicherlich fragwürdig. Aber er war vorhanden. Rache ist eine Notwendigkeit, das war eine der Regeln. Schutz der Heimat. Vernichtung der Eltern. Alle diese Regeln waren auf den jungen Kaylon eingeprallt und fesselten seine Jugend. Hier und heute entfesselte er, was ihn immer bannte. Nie hatte er gegen eine der Regeln aufbegehrt. Selbst die Ermordung seiner Freunde hatte er befohlen, vielleicht um sie vor Schlimmerem zu bewahren, aber er war verantwortlich. Hier und heute befand er sich im Reinen mit sich, opferte sich in einer Schlacht, die um seine Heimat geschlagen wurde. Je mehr Eindringlinge heute an diesem Mondportal starben, bevor der Eingang sich wieder schloss, desto mehr war seine Heimat geschützt.

Selbst der Gedanke, Tajana bei einem anderen zu wissen trat in den Hintergrund. Ihr nackter Körper und der dieses Elfen. Kaylon als ein Velaar unter vielen. Für einen Moment war er frei. Schwerter, Äxte und Kriegshämmer hatten ihn als Ziel, der Midwinter wich aus, wehrte ab, tauchte unter Schlägen hinweg, konterte und parierte. Aber der Zeitpunkt würde kommen, an dem er getroffen wurde. Der Weg dorthin war Freiheit. Das Ziel ebenso. Er sah die Schwertspitze auf sein Gesicht zufliegen und wusste instinktiv, dass er nicht rechtzeitig reagieren konnte. Er sah das Gesicht seines Vaters. Marwayn Midwinter lächelte seinen Sohn an.

FREIHEIT

Er spürte unsanfte Schläge im Gesicht, und statt seines Vaters sah er Tajana Ashtansiel, Druidin der Sha'anaar, Wächter des Anaar, seine Atrîsh.

Alles andere trat in den Hintergrund. Das Schlachten, das Gemetzel, dass alles verlangsamte sich vor seinen Augen und blendete sich aus seiner Sicht aus. Er sah nur seine Atrîsh. Seine goldene Göttin. Zornige Augen starrten ihn an, brutal zerrte sie an ihm, zog ihn aus dem Schlachtfeld fort. Ihre andere Hand führte ihre Klinge, räumte den Weg. Er bemerkte ein goldenes Flimmern in der dunklen Nacht um sie herum, wie eine schützende Aura. Oder Einbildung.

Tajana rettete ihn aus der Schlacht und brachte ihn hinaus aus dem blutigen Feld, auf dem sich die Seiten bekriegten, die eigentlich alle Midwinter erobern wollten.

Aus den Augenwinkeln bemerkte er auch einige Gestalten mit stark verzerrten Gesichtern zu Boden fallen, möglicherweise war Aminar nicht fern. Allerdings waren Gesichter auch in Schlachten ohne Elementmagier häufig entstellt. Wie in Trance ließ er sich von Tajana führen, bis sie irgendwann hinter Bäumen anhielten, und er ohne zu verstehen vernahm, dass sie ihn anschrie.

Die Freiheit: so nah gewesen, wieder so fern.

Einige Krieger waren ihnen gefolgt, doch die Ara'chid hatten einen neuen Führer. Sie liebten diesen Midwinter. Kein Ara'chid konnte übersehen, dass dieser Midwinter für die Heimat durch das Feuer ging. Sie hatten dem Mädchen geglaubt, dass Königin Maylin sie zurückgeschickt hatte.

Daher waren sie ihr gefolgt und hatten alle Anweisungen ausgeführt, die in Wahrheit Kaylon dem Mädchen mitgegeben hatte. Jetzt aber, wo sie seine Führungsstärke und seine Kraft selbst als Zeugen beigewohnt hatten, war die Flamme des Bundes der Ara'chid erwacht. Sie hatten sich beim Portal im Verborgenen gehalten und vereinzelt die Soldaten der Thelaner aus der Dunkelheit heraus getötet um für Unruhe zu sorgen. Aber eine Schlacht war nicht ihre Sache. Als das Gemetzel begann, zogen sich die Ara'chid zurück. Bis ihr Lord in die Schlacht lief. Mit Stolz und Eifer hatten sie Kaylon Midwinter, den Erben, verfolgt und sich selbst als Schatten neben ihm in die Schlacht gestürzt. Zahlreiche Ara'chid starben in einem Gefecht, für das sie nicht geschaffen waren, aber daraus entstanden Legenden.

Diese Ara'chid folgten ihrem neuen Herrn, einem Lord, dem sie nicht mehr von der Seite weichen wollten. Dieser Midwinter hatte es verdient, sie zu nutzen wie es ihm beliebte.

Viele Krieger, Elfen und Thelaner, lösten sich aus der Schlacht um Tajana und Kaylon zu stellen. Sie liefen ihnen in den Wald nach. Nadeln, Pulver, Feuer, Rauch und Qualm tötete jeden, der sich Kaylon näherte auf bestialische Weise. Die Ara'chid waren eins unter ihrem Herrn. Und sie nahmen seinen Schutz hier und jetzt sehr ernst.

Ein wahrer Herrscher muss sich seinen Respekt und die Treue zu ihm verdienen. Midwinter wussten dies. Sie mussten sich dies vor ihrem Volk, vor ihren Soldaten und Getreuen und vor ihren Feinden verdienen. Sich aber den Respekt der Ara'chid zu verdienen ist der schwerste Weg. Jeder Schritt führt durch den Letzten Fluss. Doch die Ara'chid hatten Kaylon erblickt und durchschaut.

Ein Ring aus Ara'chid umgab Kaylon, seine Atrîsh und Aminar. Ein Ring des Todes.

Draussen wurde eine Schlacht geschlagen. Im Morgengrauen schloss sich das Portal und erneut würde sein Name bei seinen Feinden und auf Midwinter Grauen hervorrufen.

Als Kaylon die Augen öffnete, blickte ihn ein Mädchen an. Er benötigte einen Augenblick um sich zu fangen, bis er seine Ara'chid erkannte. Das Mädchen streichelte seine Wangen. Sie rief einige Worte in die Umgebung, aber Kaylon konnte sich noch nicht konzentrieren. Er war in der Schlacht weit schwerer verletzt worden, als er dies wahrgenommen hatte.

Irgendwann, es schienen ihm Stunden statt der real nur wenigen verstrichenen Sekunden zu vergehen, kniete Tajana bei ihm: „Versuche ruhig zu atmen. Ich weiss noch nicht, ob wir Dich rechtzeitig heilen können. Die Elfen sind überall, und sie sind nicht freundlich."

Heilung … Kaylon verstand nicht, seine Atrîsh vermochte ihn doch immer zu heilen.

„Wir brauchen ein Versteck um Dich zu retten. Bleib ruhig."

Er zwang sich nachzudenken. Die Thelaner waren jetzt tot. Sie hatten ohne Zweifel dank des Eshnawenom als Berserker hart unter den Elfen gewütet. Aber die Nebenwirkung des Eshnawenoms war der langsame Tod. Jetzt im Morgengrauen gab es sicherlich keine Berserker mehr. Folglich war es nur eine Frage der Zeit gewesen, bis die Elfen gewonnen hatten. Wenn es ihnen gelungen war, lange genug zu überleben. Aber es waren erfahrene Streitkräfte der

Vi'landor Familie, die auch im edlen Druidenzirkel der Crim'Idor ganz oben standen. Dazu kam noch die Unterstützung der elfischen Rebellen. Oder besser: der ersten Elfischen Verteidigungsfront Midwinters. Kaylon musste unwillkürlich schmerzverzerrt grinsen. Die Rebellen hatten mittlerweile bestimmt auch verstanden, was wirklich geschehen war. Alle überlebenden Elfen machten sicherlich gerade Jagd auf den Midwinter. Erneut legte sich Tajanas Gesicht vor die Lichtstrahlen, die durch die grünen Baumkronen auf ihn schienen.

„Sie kommen, Kaylon. Wir sind nicht schnell genug vorangekommen."

Die Freiheit näherte sich wieder, dachte Kaylon lächelnd. Er wünschte sich, dass die Sonne auf sein Grab scheinen würde. So wie sie es bei König Marwayn Midwinter getan hatte, als er seinen Vater damals eigenhändig und allein am verteidigten Mondportal begraben hatte.

„Ich habe getan, was ich kann Vater. Ich habe meine Pflicht getan. Ich konnte Dich nicht töten, ich weiss, dass Du dies von mir erwartet hast. Aber ich habe das Portal verteidigt. Bitte sei nicht zornig. Verzeih mir...", dies waren Kaylons Worte gewesen, nachdem er die letzte Erde aufgebettet hatte.

Er hätte seinem Vater das Schwert in den Rücken bohren müssen, nicht irgendein Elf. Aber insgeheim schämte er sich nicht dafür, dass er nicht selbst das Schwert geführt hatte. Er schämte sich, weil er Glück empfand, es nicht geführt zu haben. Er war diesem verdammten Elf dankbar gewesen.

Sie waren umstellt.

„Ihr begegnet mir immer wieder", seufzte die Elfe. Esanielle Vi'landor hatte die überlebenden elfischen

Streitkräfte gesammelt, mit den Rebellen die Lage besprochen und anschliessend mit den Truppen die Verfolgung des Midwinters aufgenommen.

Tajana antwortete für Kaylon, der am Boden lag und nur wenig von seiner Umfeld mitbekam. Ihr kleiner Trupp war von Elfen eingeschlossen. Die Rebellen hielten sich angesichts der kampferprobten Kohorten im Hintergrund.

„Er ist geschwächt. Aber er steht unter unserem Schutz."

Esanielle nickte bedächtig.

„Natürlich. Allerdings sehe ich hier nur Euch, diese mir ebenfalls bekannte Elfe und das junge Mädchen da."

„Der Schutz des Rings der Sha'anaar."

„Ja, der mir bereits auf Penagramn in die Quere kam und den die Familie Vi'landor seitdem ein wenig sorgenvoll ansieht."

„Ihr wollt den Ring nicht als Feind. Kaylon ist uns wichtig."

„Er hat gerade beinahe meine gesamte Streitmacht vernichtet. Und die Rebellen sind wohl auch schwer angeschlagen. Was sollte ihn jetzt noch vor mir retten?"

Tajana sah zu Kaylon, der dort bei dem Mädchen mit dem schäbigen grauen Umhang lag. Aminar stand an einen Baum gelehnt, die Hände in ihrer Robe verborgen. Esanielle war intelligent genug zu wissen, dass ihre Zenturien hier zwar mächtiger waren, aber dass dennoch Gefahr drohte. Ihre Elfenkrieger hatten zahlreiche Bögen auf jeden möglichen Feind angelegt.

„Wir brauchen nicht über die Machtverhältnisse im Augenblick diskutieren. Natürlich könnt Ihr ihm das Leben nehmen. Aber was gewinnt Ihr? Eure restlichen Armeen sitzen für einige Zeit auf Midwinter fest, Agenten sind bereits auf dem Weg zur Königin, mit der Nachricht, was hier geschah. Was denkt Ihr, wie lange Ihr Eure Zenturien am Leben erhalten könnt?"

Esanielle nickte Tajana zu, als Bestätigung, dass diese fortfahren sollte, wenn sie einen Vorschlag unterbreiten wollte.

„Kaylon ist immer noch ein Familienmitglied der Midwinter. Er hat den Rebellen hier eine Zukunft als elfische Streitkraft ermöglicht. Er steht zu seinem Wort. Die Rebellen werden damit nicht mehr von der königlichen Familie verfolgt. Wenn Kaylon aber hier stirbt, wird wohl niemand davon erfahren. Zumindest nicht aus seinem Mund. Und was zählt auf Midwinter schon das Wort eines Elfen."

Esanielle setzte sich entspannt im Schneidersitz nieder. Ihre Soldaten waren wachsam.

„Ein Grund für die Rebellen, seinen Kopf nicht zu fordern. Fahrt fort, Elfe."

„Und auch Ihr und Eure Zenturien seid auf Midwinter sicherer unter dem Schutz eines Midwinters. Wie ich schon sagte, werden hier bald Königliche Armeen am Mondportal eintreffen. Sie wollen bestimmt auch die restlichen überlebenden Eindringlinge finden. Wäre es nicht besser, Kaylon sagt ihnen, dass die Familie Vi'landor ihm geholfen hat, Midwinter gegen die Thelaner zu verteidigen?"

Esanielle hob die linke Augenbraue.

„Und mich damit von meiner Rache abbringen? Sind es nicht die Midwinter selbst, die sagen, ein Kopf für ein Auge?"

„Wenn Euch Rache lieber ist, als der Fortbestand Eurer Zenturien, könnt Ihr nicht Lanze Vi'landors sein."

Die Elfenfrau lächelte Tajana an und gab ihrem Leutnant

ein Zeichen. Zwei Soldaten machten ein winziges Feuer und kochten Skar'aha. Tajana setzte sich zu der Elfe.

„Bislang dachte ich immer, Eure Begleiterin", Esanielle deutete zu Aminar, „sei geschickter im Verhandeln. Aber auch Ihr scheint mir nicht unbegabt. Tajana aus dem Hause Ashtansiel. Eure Familie war lange Zeit mit den Vi'landor befreundet."

Die goldhaarige Elfe mit den dunklen Augenbrauen nickte.

„Ich glaube ein Teil Eurer Familie ist sogar im Crim'Idor aktiv."

Sie schwiegen einige Zeit lang. Tajana sah nicht besorgt zu Kaylon, obwohl sie wusste, dass er ihre Hilfe benötigte. Die Elfe mit dem strahlenden silbernen Haar, die Kaylon einst als Sklaven in Soho verkauft hatte, war sehr gefährlich, auch wenn sie freundlich wirkte. Niemand wurde Lanze aufgrund eines zuvorkommenden Wesens. Weder Kaylon noch sonst jemand war in Sicherheit. Vor allem nicht, solange hier noch eine Garde von Ara'chid versteckt war. Wenn sie zuschlugen, würde es viele Tote geben. Tajana war sich nicht sicher, ob die elfische Lanze wusste, dass sie da waren. Die Soldaten schenkten den beiden Elfendamen Skar'aha ein.

Kaylons Atrîsh hatte sich vorher bei der Flucht mit Aminar beraten, und sie waren sich einig, dass eine Drohung keine Lösung war. Daher erwähnte sie selbst die Ara'chid nicht. Sie waren einfach die letzte Schutzvorkehrung, und Tajana hoffte, dass sie sich zurückhielten.

„Meine Familie ist der Ring der Sha'anaar", antwortete Tajana schließlich. Ihr kantiges, makelloses Elfengesicht deutete zu der dunkelhaarigen Elfe: „Und das ist meine Schwester Aminar Arianialis."

Aminar verzog keine Miene, hielt die Hände weiterhin in

ihrer Robe verborgen und musterte die Soldaten mit reglosem Gesicht.

Esanielle nippte an ihrem Skar'aha. Sie schätzte Aminar hier als gefährlichste Gegnerin ein. Zwar hatte Esanielle die überlebenden Elfen der Vi'landor in drei Zenturien ordnen können. Das machte beinah dreihundert ausgebildete und erfahrene Elfenkrieger. Dazu noch mehrere hundert Elfenrebellen, bestehend aus den wenigen, die siegreich den Nahkampf der Schlacht bestanden hatten, und den Bogenschützen aus den Wäldern. Eine nachlässige Lanze hätte sich sicher gefühlt. Esanielle hatte Elementmagier schon mehr vernichten sehen. Leider hatten ihre eigenen Elementmagier zu spät in den Kampf eingegriffen, sie gehörten mit zu den letzten, die in Midwinter einmarschiert waren. Viele von ihnen hatten nur wenige Sekunden auf der neuen Welt überlebt. Esanielle verfügte damit gerade einmal über sieben Elementmagier. Sie hatte sie auf die Zenturien verteilt. Sieben waren sicherlich mehr als diese eine Elfe namens Aminar. Aber ein Elementmagier brauchte Blut um die Kräfte zu entfesseln. Und Aminar stand hier mehr Feinden gegenüber, deren Blut sie nutzen konnte.

Darüber hinaus wusste Esanielle, dass die Rebellen etwas von Ara'chid erwähnt hatten. Dumpf konnte sich Esanielle erinnern, diesen Begriff schon gehört zu haben. Keiner wusste, wo diese Truppe verweilte.

„Ja, der Ring", sinnierte die Lanze.

„Ihr beschützt das Mondgestein. Ich will das Gestein haben", sagte die Elfe, ihren Skar'aha schlürfend.

Tajana hätte der anderen Elfe erklären können, dass der Ring nicht wirklich das Elmstein schützte. Sie hätte erwähnen können, dass sie es waren, die das Anaar von der

Vernichtung der Welten abhielten. Aber eine Druidin der Sha'anaar erklärt sich gewiss nicht.

Kaylon lag in den Armen des Mädchens und die Welt zog an ihm vorbei. Alle gesprochenen Worte um ihn herum waren derart leise, dass sie unverständlich für ihn waren. Aber das Gezwitscher der Vögel, die Laute der Tiere, das Rauschen der Blätter vernahm er mit voller Eindringlichkeit. Und dann vernahm er eine Stimme. Im ersten Augenblick glaubte er die Stimme seines Vaters zu erkennen. Dann wandelte sie sich abrupt in eine fremde dunkle Frauenstimme. Er wusste, was zu ihm sprach. Er hatte bereits damit gesprochen. Und er kannte die Bitte.

ANAAR

Dem Tod nahe, weil die Heilung durch seine Atrîsh ausblieb, sprach er mit dem Anaar, wie zuletzt in Eyvengro, als Tajana und Aminar ihm bei der äußerst seltenen Mondkonstellationen das Anaar durch ein Portal gezeigt hatten. Er hörte seitdem manchmal dieses Flüstern im Halbschlaf, aber selten auf eine verständliche Weise.

Die dunkle Frauenstimme sprach: „Ich bin Deine Göttin."

Eine männliche Stimme schloss sich an: „Ich bin Dein Gott."

Eine weitere Stimme erklangt: „Ich bin Dein Schöpfer."

Ein Chor von Frauen sang: „Wir erschufen die Wälder."

Die rauhe Stimme eines Mannes bemerkte: „Ich liess das Wasser fallen."

Eine Knabenstimme erklärte: „Ich hauchte und der Wind wehte."

Im Anschluss bemerkte ein Mädchen: „Ich lächelte und die Sonnen erschienen."

„Wir sind alles", sprach der gewaltige Bund der Stimmen.

„Offensichtlich nicht", antwortete Kaylon im Geiste den Stimmen. Stille. Bis sich erneut die dunkle Frauenstimme melodisch erhob: „Zweifelst Du an uns?"

„Ihr seid nicht ich. Somit nicht alles", bemerkte Kaylon emotionslos.

„Du wirst für uns eine Aufgabe erfüllen", wies ihn die Frauenstimme an.

„Nein."

„Wir sind Deine Götter!", rief der Bund der Stimmen aus. Doch die Frauenstimme fügte an: „Wir sind gnädig und weise. Ich werde Dich erneut bitten, wenn Du soweit bist. Bis dahin helfen wir Dir, Kaylon Midwinter. Spüre unsere Kraft."

Die letzten Worte hauchte sie sanft.

Er wusste nicht, was von ihm erwartet wurde. Aber warum sollte ihn dies interessieren. Er war Lord Midwinter. Er stieß die Ara'chid nicht zu unsanft beiseite und richtete sich auf. Die Elfen, welche ihre Bogen auf ihn ausgerichtet hatten versteiften sich, aber ihre gute Ausbildung verhinderte, dass sie ohne Befehl agierten. Für den Hauch eines Moments zog ein Schatten von Überraschung über Aminars Gesicht. Sie hatte den Zustand des Velaaren selbst begutachtet, bevor die Elfen sie gestellt hatten. Tajana sah zu Kaylon und ihr Blick erstarrte. Esanielle Vi'landor blieb gefasst.

Kaylon schleppte sich zu den zwei Elfen und ließ sich bei ihnen nieder. Tajana beäugte ihn. Esanielle bot ihm Skar'aha an, was Kaylon dankend annahm.

„Verhandelt Ihr über meinen Tod?", fragte Kaylon sehr ruhig. Tajana funkelte ihn an. Kaylon musste unwillkürlich lächeln. Er nahm einen tiefen Schluck aus dem hölzernen Becher. Esanielle sprach schließlich: „Ja."

„Wenn ich Euch einen Rat geben darf: Rosch talchiat ajin."

Tajana sah ihn erbost an. Wie konnte er der Elfe sagen, ein Kopf für ein Auge.

„Das reicht, Kaylon."

„Lanze Esanielle dürfte von selber darauf kommen, dass es eine vernünftige Reaktion wäre, mich endlich zu töten."

Er sah zu Tajana und seine grünen Augen leuchteten sanft. Er zwinkerte ihr zu.

„Ja, es wäre wohl eine annehmbare Handlung", bemerkte

Esanielle mit entspannter Stimme. Die Ara'chid schlenderte näher an Kaylon heran. Das Mädchen wirkte absolut unbedrohlich.

Kaylon stellte den Becher beiseite, rückte zu Tajana und legte sich mit dem Nacken und Kopf auf ihren Schoß.

„Aber das wird sie nicht tun, Tajana."

„Ach, werde ich nicht?"

Kaylon sah von unten in Tajanas Augen. Seine grünen feurigen Seelenfenster prallten gegen ihre kühlen stählernen.

„Nein, werdet Ihr nicht."

„Gibt es dafür einen besonderen Grund?"

„Würdet Ihr mich töten, so würde ich sterben."

Für einen Moment konnte man das Atmen der Welt vernehmen.

„Ein logische Konsequenz nehme ich an."

„Ja, aber leider geht das nicht."

Tajana suchte einen Blick mit Aminar zu tauschen, aber diese reagierte nicht, sondern stand weiterhin reglos. Die Atrîsh spürte, dass jederzeit etwas schreckliches passieren konnte. Esanielle lachte leise.

„Ah ja, und warum bitte nicht?"

„Die Götter wollen noch, dass ich hier verweile", bemerkte Kaylon lapidar.

Aminar zuckte zusammen. Es machte einige der Bogenschützen nervös. Esanielle reagierte kaum, sondern rührte gedankenverloren in ihrem Skar'aha.

„Seit wann glaubt ein Midwinter an Götter?", fragte sie schließlich.

„Kein Midwinter glaubt daran, aber sie glauben an mich", erwiderte Kaylon.

„Ah ja", sagte Esanielle erneut.

„Und wie zeigt sich das?"

„Hm", schien Kaylon über ihre Worte nachzudenken, „vielleicht kann ich über Wasser gehen oder Kranke heilen."

Esanielle nickte sinnierend. Aminar spürte die Schwingungen.

„Natürlich. So jemand soll auf Ivonass gesehen worden sein, nennt sich der Sohn Gottes."

Sie alle wussten, dass es stets Kulte und Druidenzirkel mit religiösen Absichten gab, die von unsinnigen Göttern predigten. In dem pragmatischen Elmbund gab es nicht viel Platz für Religion. Gottgefällige starben meist als Nahrung in ihrem heiß geliebten Märtyrertum.

Kaylon ignorierte die Worte der Elfe: „Oder ich kann Eure Soldaten tot umfallen lassen. Seid Ihr offen für einen Test, Esanielle? Lediglich ein kleiner Test, dafür sollte danach niemand zu schaden kommen."

Jetzt hatte er ihre ernsthafte Aufmerksamkeit. Sie wusste genau was er meinte. Zischend bemerkte sie laut: „Niemand greift ohne meinen Befehl an. Ein kleiner Test kann nicht schaden."

Kaylon lächelte zum Himmel.

„Keine Ahnung wie man sowas macht. Ob ich dazu, wie sagen es diese Propheten, beten muss? Oder ob ein Augenaufschlag reicht?"

Er sah Tajana erneut in die Augen und zwinkerte ihr zu.

„Probieren wir es einfach mit: So Sei Es!"

Esanielle wandte sich nicht einmal um, als drei ihrer Krieger tot zu Boden sackten. Sie wusste, was ihre Soldaten getötet hatte. Sie hatte keine Ahnung, wie gross die Macht dieser Ara'chid hier war und wie sie es bewerkstelligt hatten. Aber offensichtlich waren sie in der Nähe.

„Interessant, Lord Midwinter. Ihr scheint tatsächlich eine Macht innezuhaben."

„Ja, nicht? Spannend. Damit gibt es sicher immer wieder etwas zu entdecken."

„Doch glaubt Ihr nicht, ich könnte trotzdem vermögen Euch zu töten?"

Kaylon lachte leise und richtete sich auf: „Möglicherweise. Aber ich würde nicht sterben, sondern nach drei Tagen auferstehen und man würde mich anbeten, mir nachfolgen und ganze Welten würden mir nach Generationen noch huldigen."

Wenn die falschen Propheten anfangen zu reden, diskutiert man dann mit ihnen? Oder weist man sie in ihre Schranken? Wenn ein Gott weise ist, wieso ist er dann unspürbar? Gott war niemals auf seiner Seite. Kaylon wusste, wie ein Midwinter mit Propheten umging. Er wusste auch, wie er mit einem Gott umging.

Esanielle stimmte leise in sein Lachen ein.

„Gut. Und jetzt?"

„Ihr kommt mit mir zur Feste Midwinter. Dies ist doch ohnehin Euer Ziel, das Elmgestein wartet dort."

„Und in welchem Status begleiten ich und meine Zenturien Euch?"

„Als Ehrengarde der Familie Vi'landor für den Lord Midwinter nach erfolgreicher Unterstützung bei der Verteidigung des Mondportales gegen die Thelanischen Eroberer. Wir sind doch jetzt Verbündete nach dieser selbstlosen Hilfe."

Esanielle reichte ihren leeren Becher ihrem Schwert-Soldaten, dem Unteroffizier der Zenturie.

„Und was genau wollt Ihr bei der Feste Midwinter?"

„Ein paar Geschichten im Fyanland beenden", antwortete Kaylon ihr.

FYANLAND

Weise Männer sagen, wenn man durchs Fyanland reist, sollte man Blumen im Haar tragen. Wenn man in der kalten Region tot umfällt, zieren so wenigstens ein paar Blüten die Stelle.

Weise Männer sagen, das Wort ist stärker als das Schwert. Mit Hilfe einer Feder und Tinte kann man es vervielfachen, statt mit Stahl und Feuer.

Weise Männer sagen, nur Dummköpfe verfallen der Liebe. Wie recht weise Männer haben. Mit allem.

Midwinter waren nicht weise. Sie hielten sich an die Devise: wenn weise Männer zu viel reden, schneide ihre Zungen heraus.

Mit Truppen durch das Fyanland zu reisen, gehörte zu den schwierigsten Unterfangen in einem Feldzug. Das ewige Eis, die Kälte, der Windchill forderte viele Opfer. Wenn man hier nicht die Disziplin zusammenhielt und das bisschen Wärme teilte, konnten ganze Armeen vergehen. Sicherlich hätte man die Eindringlinge einfach durch das Mondportal eintreten und sie hier durch die Eishölle gehen lassen können um sie dann anzugreifen. Aber wie bereits König Marwayn Midwinter gesagt hatte, Verteidigung beginnt an den Grenzen. Wehret den Anfängen!

Dort wo die Schneelandschaft noch ganz sanft begann, gab es das Dorf Kennahan. Kaylon führte seinen Trupp aus den elfischen Zenturien in dieses Dorf, darunter auch einige ehemalige Rebellen, die es sicherer fanden ihnen zu folgen, als im Wald von Alwynn zu bleiben. Eine Garde der Midwinterarmee befand sich ebenfalls unter ihnen. Wie

Kaylon es vermutet hatte, ließ es sich nicht vermeiden, auf die Armee Midwinters zu treffen. Sicherheitshalber hatte er damals dem Ara'chid Mädchen auch den Befehl gegeben, eine andere Ara'chid damit zu beauftragen, Königin Maylin Midwinter einen Umschlag mit einer Nachricht zu überbringen. Kaylon hatte seiner Schwester geschrieben, dass er einen Angriff an dem geheimen Mondtor befürchtete. Auch hatten die Ara'chid, die ihnen gefolgt waren den Auftrag, die Königin über die genaue Lage des Ortes zu informieren, an den die Rebellen sie geführt hatten.

Das Portal war mittlerweile von Torschildtruppen gesichert, und eine Abteilung der Armee war ihren Spuren gefolgt. Zum Glück ließen sie mit sich reden und hatten keinen Befehl der Königin, den Midwinter zu töten. Trotzdem war das erste Treffen ein wenig verworren. Kaylon erklärte, dass die Elfen ihnen geholfen hatten, auch die Rebellen, und dass die Rebellen jetzt ein offizieller Bestandteil der Midwinterverteidigungsfront waren. Sowie, dass die Familie Vi'landor Verbündete seien und ihn zur Feste Midwinter geleiten wollten. Dem Hauptmann der Königlichen Truppe gefiel dies offensichtlich nicht, und er stellte immer wieder Fragen, bis Kaylon sein Schwert aus der Scheide zog und es direkt in einer Bewegung gegen den Hauptmann führte und ihn spaltete. Seinem Leutnant war danach deutlich bewusster, dass ein Mitglied der Familie Midwinter nicht geneigt war einem Soldaten Rede und Antwort zu stehen. Da es keine speziellen Befehle der Königin bezüglich ihres Bruders gab, außer sein Leben zu schützen, entschloss sich der Leutnant, die Garde erst einmal unter das Kommando des Lord Midwinter zu stellen. Die Garde stellte Kaylon, Tajana und Aminar auch Reittiere. Die Ara'chid vermochte es nicht, diese Tiere zu führen und zog es vor, neben den Fußsoldaten zu laufen.

Seit dem Wald von Alwynn waren die anderen Ara'chid nicht mehr gesehen worden. Es schien, als wären sie niemals dort gewesen.

In Kennahan trafen sie auf eine weitere Garde, deren Hauptmann den Midwinter freundlich begrüßte. Der Soldat ließ sich rasch vom Leutnant informieren, dann zeugte er Kaylon Midwinter seinen Respekt.

„Königin Maylin Midwinter hat uns hier stationiert um Euch zu begrüßen, wenn Ihr Richtung Fyanland zieht."

Kaylon nickte dem Hauptmann zu.

„Ich soll mit der Garde vorausreiten und sie informieren. Wenn ich Euch keine Unterstützung bieten kann, werde ich mit Eurer Erlaubnis aufbrechen?"

Dieser Hauptmann besaß ein gewisses Maß an politischem Geschick, dachte sich Kaylon. Er würde es weit bringen, wenn er nicht zu hoch in die Politik wollte.

„Aber natürlich. Grüßt meine Schwester von mir. Ich freue mich die Königin wiederzusehen, falls sie mich empfängt. Ich werde nicht vor übermorgen aufbrechen, ihr werdet also ausreichend Vorsprung haben."

Der Hauptmann verbeugte sich und kümmerte sich darum, seine Garde zum Abmarsch vorzubereiten. Der Weg durchs Fyanland würde einige Tage bis Wochen in Anspruch nehmen, dies hing von der jeweiligen Extremität des Wetters ab. Kaylon freute sich nicht darauf. Sein letzter Weg durch das Fyanland war von Versagen gekrönt gewesen, als es ihm nicht gelungen war, seine Mutter in der Feste zu ermorden. Seine   Flucht hinaus, von seiner Mutter geduldet und gestützt, war jämmerlich gewesen. Kaylon hatte es nicht eilig, das Fyanland zu betreten.

Esanielle ließ ihre Soldaten am Dorfrand ein Lager errichten, die verbliebene Königliche Garde nahm daneben Stellung ein. Die Dorfbewohner waren sehr irritiert, aber auf Midwinter stellte das Volk keine Fragen. Sie brachten freiwillig einen großen Teil ihrer knappen Lebensmittel zu den Soldaten. Die Sorge war zu groß, dass sich die Soldaten selbst bedienten und dann sicher alles nahmen.

Aminar schritt zu einer kleinen Herberge in dem Dorf, die hauptsächlich von Boten der Familie Midwinter genutzt wurde, wann immer sie Nachrichten zwischen der Feste und anderswo überbrachten. Tajana folgte ihr. Die Pferde überließ sie der Garde. Die Araʻchid hielt sich in Kaylons Nähe auf, ihr Blick lag aber auf Tajana. Kaylon trat zu dem Mädchen, nachdem er kurz Esanielle betrachtet hatte.

„Habt Ihr Kontakt zu Eurer Art?", fragte der Lord seine Dienerin.

„Natürlich, Lord Midwinter. Der Letzte Fluss ist stets vereint."

„Sie werden meiner Schwester gehorchen", bemerkte Kaylon nachdenklich und es schien, als reifte ein Plan in ihm.

Die Araʻchid riss ihren Blick von Tajana los. Sie verneigte sich knapp vor Kaylon: „Lord Midwinter, die Araʻchid gehören der Familie Midwinter. Sie haben dies akzeptiert, weil sie die Midwinter bewundern. Aber niemanden unter den Midwinter haben die Araʻchid je so sehr verehrt wie Euch, mein Lord. Ich fürchte, wir Araʻchid werden nach den Regeln der Midwinter in Ungnade fallen, aber es besteht die Möglichkeit …"

Das Mädchen hielt kurz inne, als würde sie das

Unmögliche nicht aussprechen wollen.

„Wir werden Euch statt der Königin folgen, Lord Midwinter."

Der Kampf um die Herrschaft über Midwinter blieb stets in der Familie. Kandidaten außerhalb der Familie Midwinter wurden rechtzeitig ausgesondert. Da war sich die Familie immer einig. Blut ist dicker als anderweitige Allianzen. Niemals in der Geschichte Midwinters, seit der Urahn aus dem Fyanland die Welt erobert hatte, war eine andere Blutlinie auch nur in die Nähe des Throns gekommen. Midwinter begannen keinen Streit, aber sie beendeten ihn. Kämpfe untereinander um die Erbfolge gab es nicht. Die Erbfolge selbst war klar definiert. Die Kinder hatten alle gleiches Recht auf den Thron. Dabei spielten Bastarde keine Rolle, lediglich Kinder, die von dem jeweiligen Midwinter Elternteil als rechtmässig benannt wurden.

Der Kampf darum, wer letztendlich das Erbe antrat war schwieriger. In der Regel war es derjenige, dem es zuerst gelang, das letzte verbliebene Elternteil zu töten. Doch auch danach konnte es bis zum Zeugen von neuen Erben passieren, dass ein anderes Geschwisterteil seinen Anspruch weiterhin geltend machte. Maylin wusste dies und würde Kaylon in seine Schranken weisen, wenn er eine Gefahr wurde. Kaylon hatte bislang nicht verstanden, warum sie ihn überhaupt am Leben ließ, er hätte ihr diese Gunst schwerlich erwiesen.

Ein Kampf zwischen Geschwistern war jedoch nicht einfach herbeizuführen. Die Geschichte der Midwinter zeigte, dass das Misstrauen unter ihnen dazu führte, dass ganze Armeen nötig waren, bis Midwinter persönlich aufeinander treffen konnten. Maylin war in der Feste Midwinter, die allein durch kriegerische Maßnahmen nicht einnehmbar war. Es erforderte List, Geschick und Verbündete unter den Getreuen des anderen um in diese Feste einzudringen. Wie damals, als Kaylon dort seine Mutter stellte.

Bevor Midwinter im Kampf auf Leben und Tod aufeinander trafen, war es geboten, Streitkräfte um sich zu versammeln. Diese mussten überzeugt werden die Seiten zu wechseln. Denn im Allgemeinen zahlte sich in Midwinter Treue zur Krone aus. Nur immense Stärke konnte Truppen dazu bringen, ihre Loyalität auf ein neues Ziel zu richten.

Kaylon betrat gefolgt von dem Mädchen die Herberge von Kennahan. Tajana stand neben dem Wirt an einem Kamin und beobachtete, wie der Mann das Feuer schürte. Aminar war nicht zu sehen. Das Mädchen hüllte sich in ihre Robe und stellte sich an eine Ecke der Theke in diesem Gastraum.

„Aminar besieht sich die Zimmer", bemerkte Tajana zu dem eintreffenden Kaylon. Der Wirt sah auf. Er hatte das Eintreten überhört. Rasch warf er sich zur Begrüßung vor dem Lord Midwinter nieder.

„Beschäftigt Euch weiter mit dem Feuer, Wirt", sagte Kaylon rasch. Dann grinste er die attraktive Elfe schief an. Tajana hob die Augenbrauen und trat zu ihrem Velaai.

„Werde ich auch so begrüßt?", fragte sie forsch. Kaylon zögerte keinen Moment.

„Danach werde ich den Wirt wohl töten müssen", sprach der Lord Midwinter und kniete vor seiner Atrîsh nieder. Der Wirt zuckte sichtlich zusammen und bemühte sich, seine ganze Konzentration dem Feuer zu widmen. Die Ara'chid sah schweigend zu. Tajana streichelte Kaylon sanft über sein

Haar und sagte belustigt: „Erhebt Euch, Velaai!"

Kaylon war gewandt wieder auf den Beinen, und Tajana gab ihm einen zärtlichen Kuss. Kaylons Augen funkelten.

„Wenn diese Welten schon zusammenbrechen, will ich mir wenigstens Deiner sicher sein, Velaai", erklärte sie kühl. Sie setzen sich an den Tisch nahe dem aufflammenden Feuer.

„Was genau tun wir hier eigentlich, Kaylon?", meinte sie leise zu dem Erben Midwinters. Kaylon tat überrascht: „Wir wollen zum Anaar. Was sonst?"

Tajana legte ihre Hand auf seine.

„Warum sammelst Du dann diese Elfen um Dich?"

Er zögerte nicht: „Ich dachte es wäre eine gute Idee, den Wald von Alwynn lebend zu verlassen."

„Ja, verhandeln war verständlich. Aber warum begleiten sie uns?"

„Wie hätten wir sie loswerden sollen?"

„Ich habe ein ungutes Gefühl dabei. Esanielle will das Anaar haben."

„Ja, natürlich. Das ist keine Neuigkeit", sprach Kaylon.

„Wie willst Du damit umgehen?"

Sie und Aminar machten sich auch über seine plötzliche Genesung im Wald von Alwynn Gedanken, aber das sprach die Elfe nicht an.

„Das wird die Zeit offenbaren. Soll sich Maylin damit auseinandersetzen. Sie wird das Anaar sicher nicht aufgeben wollen."

Der Wirt verschwand in den hinteren Räumen, vermutlich um Essen für die Gäste zuzubereiten oder zu tun, was immer ein Wirt in Midwinter tat, wenn ein Mitglied der einen Familie eintraf. Schutz suchen.

„Das heisst, unser Plan das Anaar zu finden und unserer

Aufgabe nachzugehen hat sich nicht verändert?", fragte Tajana, Kaylon aufmerksam musternd. Aminar kam die schmale Treppe von den Zimmern herunter und erlöste Kaylon damit von einer Antwort.

„Die Zimmer sind in Ordnung."

Die Maid hinter ihr, die ihr in respektvollem Abstand gefolgt war, starrte jetzt auf den Midwinter. Nach einigen Sekunden schien sie zu bemerken, dass sie ihn trotz ihrer Angst vor den Midwinter zu Grüßen hatte. Danach verschwand sie in die Küche, als er sie mit einer Handbewegung entließ.

„Eine gefährliche Mischung da draußen", begann Aminar das Gespräch.

„Elfische Zenturien der Vi'landor gepaart mit der neuen Elfischen Verteidigungsfront alias ehemalige Rebellion. Du denkst doch nicht etwa, dass das Deine neuen Truppen sind, Kaylon?"

„Es sind Begleiter", erläuterte Kaylon knapp.

„Und die Ara'chid. Die sind doch immer noch in der Nähe, nicht wahr?", fragte Aminar spitz.

Kaylon zuckte mit den Schultern.

„Wie viele Ara'chid waren das?"

Der Lord Midwinter sah Aminar und Tajana nacheinander an: „Ich habe keine Ahnung. Ich fürchte wir Midwinter hätten uns mehr Mühe machen sollen, sie zu zählen."

Tajana verzog den Mund. Kaylon wusste, dass sie gereizt war. Das würde ein interessanter Abend werden.

„Vielleicht sollte ich sie fragen. Komm her!", meinte Tajana.

Die Ara'chid zuckte zusammen und kam dann vorsichtig mit lautlosen Schritten näher zu Tajana. Kaylon konnte sich denken, was in dem Mädchen vorging.

„Wie viele von Euch gibt es? Wie viele sind hier in der Nähe?"

Das Mädchen begann ihre bereits langsamen Schritte weiter zu verlangsamen.

„Der Letzte Fluss füllt sich mit dem Regen Midwinters und ist so stark, wie Midwinter es erlaubt", presste sie heraus. Es trennten sie noch zwei Meter von Tajana. Die Ara'chid schaffte es, weiter zu verlangsamen.

„Nenn mir Eure Zahl!", fragte Tajana ein weiteres Mal. Sie würde es nicht erneut tun.

„Wie kann man einen Fluss zählen?", stotterte das Kind. Kaylon betrachtete sie. Dieses Mädchen konnte in Augenblicken töten, wenn er es ihr befal. Sie würde sich selbst ohne zögern auf eines seiner Worte hin opfern. Trotzdem sah er deutlich ihre Angst. Und ihre Bewunderung, wenn sie Tajana verstohlen ansah um diese nicht weiter zu provozieren.

Kaylon wusste, dass Tajana ein Ventil brauchte. Er sah es in ihren Augen. Er wusste, wer seine Atrîsh war. Sie waren eins.

„Aminar, ich fürchte mein Schwesterherz wird uns nicht den freundlichsten Empfang bereiten. Der Weg durch das Eis wird hart. Vielleicht denkst Du darüber nach? Tajana, ich brauche Deine Hilfe bei einem Problem mit der königlichen Truppe draußen. Würdest Du mir bitte helfen?"

Es war Zeit etwas zur Entspannung aller zu tun. Kaylon trat mit Tajana hinaus und ging auf das Lager der Soldaten zu.

„Die Ara'chid brauchen wir noch, Tajana. Und es sollte besser keiner davon wissen. Und sie hat bereits genug Angst vor Dir."

Tajana wollte etwas erwidern, als Kaylon plötzlich die drei erstbesten Soldaten anbrüllte, die sich auf seinem Weg befanden. Sie bauten gerade ein Zelt auf.

„Ihr wagt es über einen Midwinter zu lästern?"

Das ganze Lager sah auf. Auch die Elfen der Vi'landor sahen herüber. Aber Esanielles Unteroffiziere sorgten schleunigst dafür, dass die Elfenkrieger mit allem weitermachten, was sie nicht herblicken ließ.

„Ihr wagt es zu urteilen, warum ich mich mit Elfen abgebe!", unbändiger Zorn schwank in Kaylons Stimme mit.

Tajana blieb gefasst, war aber verwundert. Sie hatte niemanden unter den Soldaten überhaupt sprechen hören. Aber sie begann seinen Plan zu durchschauen.

„Ich werde Euch zeigen, warum mich diese Elfen begleiten, Ihr Abschaum!"

Der Leutnant der Garde war herangetreten, aber er unterbrach den Midwinter nicht. Er konnte sich gut erinnern, was seinem Vorgänger zugestoßen war.

Kaylon zog sein Schwert und griff die drei Soldaten an. Dem reinem Selbsterhaltungstrieb folgend wehrten sie sich. Sie waren noch nicht kampfbereit gewesen und mussten erst ihre Waffen greifen, was dem Lord Midwinter zugute kam. Kaylon gelang es rasch sie zu entwaffnen ohne sie besonders zu verletzten. Sie lagen vor ihm im Schmutz.

Mit der Schwertspitze deutete Kaylon zum größten Zelt in der Mitte des Lagers. Ein Zelt aus schwarzem dicken Stoff. Dort hielt der Leutnant seinen Kommandostand.

„Lasst die drei fesseln und in das Zelt bringen. Die Elfe wird sich um ihre Bestrafung kümmern. Vielleicht lernen sie dabei", er erhob seine Stimme, „warum mich diese Elfen begleiten."

Der Leutnant kam Kaylons Befehl nach, obwohl dieser der Königlichen Garde streng genommen keine Anweisungen zu geben hatte. Aber die Anschuldigung, ein Mitglied der Familie Midwinter beleidigt zu haben, glich der Beschuldigung des Hochverrat. Und wenn ein Midwinter die Anschuldigung aussprach war es gleichzeitig auch die Verurteilung.

Kaylon schritt zurück zur Herberge. Kein schlechter Nachmittag. Er hatte vermutlich die Ara'chid gerettet, seinen Stand unter den Soldaten weiter verbessert, Fragen über seine elfischen Begleiter erstickt, und Tajana konnte sich entspannen.

Die Schreie vergingen an diesem Tag nicht. Es war das grauenvollste, was die Dorfbewohner, die Königlichen Soldaten, die Zenturien und die, irgendwo verborgen in Schatten wartenden, Ara'chid jemals vernommen hatten. Vielleicht hatten einige der elfischen Rebellen so etwas schon einmal gehört, allerdings waren es da wohl eher ihre eigenen Schreie gewesen, wenn sie in die Fänge der Midwinter geraten waren.

Keine Unterhaltung fand an diesem Nachmittag mehr ausserhalb der Herberge statt. Alle versuchten, die Geschehnisse im schwarzen Zelt zu ignorieren, aber dies ist schwer, wenn Schmerz, Flehen und Tod dermaßen Lautstärke annehmen. Weit später am nächsten Tag sollten einige Soldaten das Zelt räumen. Was sie fanden, war schlimmer als sie geahnt hatten, während sie draußen versucht hatten diese Aufgabe einzutauschen.

Auf drei Leichen waren sie vorbereitet. Eine fanden sie. Und Stücke der anderen. Das Zelt wurde von außen zusammengelegt und komplett verbrannt.

Kaylon hatte den Nachmittag über mit Aminar philosophiert, etwas Essen zu sich genommen und mit der Ara'chid kurze Gespräche geführt, um diese von ihrem Posten am Fenster abzuhalten, wo sie das Soldatenlager mit großen Augen beobachtet hatte. Am frühen Abend hatten sie sich von dem verschreckten Wirt ein Abendessen bringen lassen. Dies war der Zeitpunkt, als die Tür der Herberge aufschwang und zwei Gestalten eintraten.

„Dieses Land ist nicht sonderlich gastlich für Elfen", meinte Icaara grimmig. Sie kam gemeinsam mit Inaa herein und ein Lächeln zierte ihr hübsches Gesicht, als sie Kaylon und Aminar bemerkte.

„Na bitte, ich sage doch, hier werden wir fündig, Inaa."

Die zwei schlossen die Tür und kamen näher. Inaa winkte den Bekannten freudig zu.

„Ganz schönes Geschrei draußen", sagte Icaara und pfiff leise eine kurze Melodie mit Blick auf Kaylon. Er erinnerte sich. Kaylon nickte ihr zu und bat beide an den Tisch.

Sie wischte sich Blut von der rechten Hand an ihrer Hose ab und bemerkte die Blicke der anderen.

„Oh nein, keine Verletzung, dass war nur Spass."

Ihre Augen fielen auf die Ara'chid und verengten sich mit einem Hauch von Erregung, als sie die Gestalt des Mädchens abtasteten.

„Setzt Euch", sprach Aminar und rief nach dem Wirt.

Als Tajana später mit Asha hereinkam, hatte die hochgewachsene Elfe ein entspanntes Lächeln auf den Lippen. Asha fuhr sich mit der Zunge über die gebleckten Zähne. Die Hündin legte sich mit einem Knurren vor das

Kaminfeuer. Tajanas Kleidung, Haare und die Hündin waren ein wenig nass, Kaylon nahm an, dass sie sich und ihre Sachen noch draussen gewaschen hatte. Die Gefährtinnen begrüßten sich freudig. Sie saßen alle einige Zeit am Tisch und lauschten den Geschichten, die sie untereinander über ihre Reisen austauschten. Kaylon saß neben Tajana, und sie hielten gegenseitig ihre Hände fest. Icaara erkärte ihnen, dass sie die Schwestern vom Ring der Sha'anaar informiert hatte um sich dann mit Inaa auf den Weg nach Midwinter zu machen. Sie hatten sich gedacht, sie spätestens beim Anaar zu treffen. Links neben Tajana saß die Ara'chid. Dem Mädchen fielen irgendwann angesichts der für sie verwirrenden Geschichte und der vielen Namen, die ihr nichts sagten, die Augen zu. Ihr Kopf sackte kurz danach auf Tajanas Schulter. Die Elfe zog das Mädchen auf ihren Schoss und ließ sie ruhen.

GÖTTLICHES BESTREBEN

Tajana stand am Fenster des Gastzimmers und schaute durch den geöffneten Vorhang auf das Mondlicht. Midwinters Monde leuchteten teils rot. Aber nicht hier, in dieser Nacht an der Grenze des Eislandes. Heute schien alles in einem dunklen Blau.

„Die Nacht ist so friedvoll…"

Kaylon hörte noch die Schreie des Tages in seinem Kopf nachhallen. Er trat neben seine Atrîsh und legte die Arme um die attraktive Elfe. Sanft schmiegte sich sein Körper von hinten an sie, und er legte seinen Kopf auf ihre Schulter.

„Friedlich wie zwei Liebende in ewiger Umarmung", flüsterte er in ihr Ohr. Er entkleidete die Elfe vorsichtig. Tajana ließ es geschehen und sah weiterhin hinaus. Ein paar Feuer brannten in den Lagern.

Kaylon erinnerte sich an sein Gespräch mit Aminar am Nachmittag. Sie hatten die verzweifelten Schreie vom Lager vernommen, die Kulisse des gesamten Tages. Bis sie beide nicht mehr so tun konnten, als vernehmen sie nichts. Aminar hatte sich zu Kaylon gebeugt, und gesagt: „Weisst Du, warum sie so ist, Kaylon?"

„Ja", erwiderte Kaylon und ab diesem Moment wusste er es. Trotzdem gab Aminar eine letzte Erläuterung um etwas gegen die Schreie zu tun: „Sie trägt den Zorn der Götter."

Phobien waren unbegründete Ängste, und die Aglophobie ist die spezifische Angst vor Schmerz. Kaylon dachte bei sich, dass er Tajana nie wieder auch nur anschauen könnte, würde er an Aglophobie leiden. Viele litten sicher darunter, versuchte sich Kaylon aufzuheitern. Allein die Angst vor möglichen Schmerz würde ihn dann in Tajanas Nähe in Panik verfallen lassen. Doch sie löste keine Panik bei ihm aus, nicht im Geringsten.

Zärtlich streichelten Kaylons Hände entlang ihrer Taille, während er ihre Schultern küsste. Sie ließ es still geschehen.

Tajana drehte sich herum und ihre kühlen Augen sahen durch das Mondlicht zu ihm. Sein mittlerweile leicht fröstelnder Körper wurde von diesem kalten Blick gestreift. Doch ihre Lippen begannen sich seinen zu nähern und sehr langsam legten sie sich auf Kaylons. Liebevoll ertastete ihre rote Sinnlichkeit seinen Mund und ihre Zunge drang ein wenig forsch tastend zu ihm.

Kaylon fasste Tajanas Hände und strich daran entlang den Arm hinauf. Sie entledigte ihn seines Gewandes. Tajana selbst war athletisch gebaut und drahtig. Als sie nun Kaylon betrachtete, fiel ihr erneut auf, was der schlanke junge Mann hinter der Kleidung verbarg. Er war weit trainierter und muskulöser als man erahnte. Seine Schwertarme waren kraftvoll und an seine Brust wollte man sich anlehnen. Ihr gefiel was sie sah, und sie nahm sich lange Zeit hinzuschauen. Danach führte sie Kaylon zum Bett, bei dem er sie mit seinen Armen griff und auf die weichen Decken niederlegte. Ihr sportlicher Körper spannte sich kurz, ihre Brüste reckten sich dabei empor und ihre Bauchmuskeln spannten sich an. Seine über sie tastenden und gleitenden Hände lösten die Gespanntheit, der Nervenkitzel blieb. Jedes Stück Haut, dass von Kaylon berührt wurde, machte Lust auf mehr. Sein Körper beugte sich über die attraktive Elfe und seine Lippen küssten ihren Hals. Langsam wanderte Kaylon tiefer, und sie spürte abwechselnd seine Lippen und seine Zunge ihren Leib zwischen den Brüsten liebkosen, weiter zum Bauchnabel vordringen und den Weg fortführen um ihr wahre Lust zu spenden.

Voller Genuss bäumte Tajana sich im Entzücken auf und reckte sich seinen Lippen entgegen, den Druck seiner Zunge mitbestimmend. Ihr Verlangen nach Kaylon wuchs.

Voller Begierde brachte Kaylon die Elfe vom Wunsch zur Schwelle des Vergnügens. Da ließ er von ihr ab, stemmte sich hoch, und sie ließ geschehen, dass er sie männlich fordernd nahm. Sanft aber bestimmt vereinigte Kaylon sich mit Tajana, ihre Hände hielten ihn an seiner Brust und seinem Arm. Eine unendlich lange Zeit, die jedoch wie Sekunden erschien liebten sie einander, bis er sich plötzlich, als sie fast atemlos war, ganz zu ihr beugte, seine Zunge ihre fand und beide in Ekstase verfielen.

Als sie beieinander lagen und sich gegenseitig Nähe und ungewohnt zärtliche Liebkosungen schenkten, wagte es Kaylon, Tajana zu fragen: „Was ist das Anaar, Tajana?"

Sie lag einige Zeit still und ihre Nägel streichelten seine Brust.

Schließlich begann sie mit trockener Stimme zu sprechen: „Im gesamten Elmbund ist der Gedanke an Götter verpönt. Scharlatane predigen von ihnen und werfen mit versprochenen Belohnungen für den Glauben oder Strafen für den Unglauben um sich."

Sie zeichnete imaginäre Muster auf seine Brust.

„Die Wahrheit ist, die Götter haben die Welten erschaffen und wollten sie leiten. Sie bestimmten alles Leben und Nichtleben. Die Alten Ehrwürdigen, die Schöpfer, die Weltenlenker. Jedes Lied sollte ihnen huldigen, jedes Geschenk an einen Geliebten erforderte auch eine Opferung an die Götter, damit man nicht deren Missfallen auf sich zog."

„Hast Du sie erlebt, die Zeit der Götter?", hauchte Kaylon. Es dauerte einen Moment, der mit einem Kuss gefüllt wurde, bevor Tajana antwortete.

„Ja. Es war eine Zeit, in der man widerspruchslos Geboten folgen musste um keinen Zorn auf sich zu ziehen, dem es nichts entgegen zu setzen gibt. Anhänger verschiedener Götter wandelten, beherrscht von unterschiedlichen Glauben. Von ihnen benutzt, ausgespielt, im Eifer sinnbildlich verbrannt."

„Die Götter, waren sie so hasserfüllt?"

Tajana biss sich auf ihre Lippen, bevor sie weitersprach.

„Viele waren voller Liebe. Doch Liebe und Hass liegen eng beieinander. Die Welten sind ihr ein und alles, es gibt für die Götter nichts anderes. Du hast Midwinter gehabt, aber als es Dir entfremdet wurde, gab es neues zu entdecken. Die Götter haben nichts anderes. Sie haben Alles, aber nichts daneben. Es geht ihnen daher immer um Alles. Es gibt keine Kompromisse unter Göttern. Es gibt keine Freiheit unter ihnen. Die Götter sind unser aller Eltern, aber sie sind auch wie Kinder. Sie sind allmächtig und verlangen daher immer glücklich zu sein."

Kaylon sinnierte kurz, bevor er bemerkte: „Wer immer glücklich sein möchte, hat ein kurzes Leben."

Tajana starrte Kaylon kurz an, als hätte sie etwas Unbekanntes an ihm entdeckt.

„Wahre Worte. So erging es den Göttern."

„Ewiges Glück?"

„Nein, ein kurzes Leben. Vor langer Zeit haben sich die Geschöpfe der Welten die Freiheit hart erkämpft. Der

Göttliche Krieg kam über den Elmbund, als die Anhänger der Götter sich plötzlich in der Minderzahl sahen und als Fanatiker verfolgt wurden. Bis ihre Götter sich selbst einmischten. Doch die Druiden, allen voran der alte Bund der Crim'Idor traten gegen die Götter an. Armeen aus Menschen, Zwergen und Elfen griffen die Religionsfesten an, ihre Tempel und Kirchen. Geweihte Krieger verteidigten den Glauben und wahrhaft viel Blut musste vergossen werden."

Kaylon presste Tajana vorsichtig an sich, und sie waren eins in der Umarmung.

„Einige der Druiden aus unterschiedlichen Zirkeln wurden dazu bestimmt, direkt gegen die Götter zu kämpfen. Es waren die späteren Gründer der Sha'anaar."

„Warum sind die Druiden des Sha'anaar ausschließlich Frauen?"

„Götter sind die Schöpfer. Frauen tragen und gebären die Kinder, sind also der Schöpfung näher. Sie können den Willen der Götter dadurch aufnehmen."

„Den Zorn?"

„Liebe, Wut, Hass … Was immer den Göttern obliegt. Die Druiden besiegten die Götter und verbannten sie um die Welten zu befreien."

„Der Göttliche Krieg endete?"

„Nachdem schließlich der Großteil der Anhänger besiegt war, und die Generationen später sich an Götter nur noch als Spukgestalten und Märchenwesen erinnerten."

Sie streichelten und massierten sich einige Zeit lang.

„Was geschah mit den Göttern?"

„Die Druiden schlossen sie in den Monden ein. Das Mondgestein bindet die Götter und ist ihr Gefängnis.

Gewaltige druidische Macht hält sie."

„Das Anaar … Elmstein … darin sind die Götter?"

„Wir nennen die Gesamtheit der Monde die Welt in der Mitte der 27 Welten. Das Anaar. Das Gefängnis der Götter. Das Bestreben der Götter, ihr Toben, reisst Risse in die Monde. So gelangt Elmstein auf die Welten. Teile der Götter, Facetten ihres Bewusstseins."

Kaylon sinnierte: „Und damit eine göttliche Kraft?"

„Ihr Bewusstsein kann mit Menschen und Elfen sprechen, Kontakt aufnehmen. Sie brauchen Anhänger. Je mehr Ansammlung an Elmstein bei uns, desto gewaltiger das Bewusstsein. So kann es ihnen gelingen, Anhänger zu sammeln oder Propheten mit Macht auszustatten."

„Aber kein Wesen kann die Monde zerstören", stellte Kaylon ruhig fest. Eine sanfte göttliche Hand tätschelte ihn belohnend.

„Nein, aber Glaube könnte die alte Kraft der Druiden endgültig aufheben."

„Und die Götter befreien", schloss Kaylon aus ihren Worten. Es war ihm, als würde eine dunkle Frauenstimme etwas Unverständliches aus weiter Ferne flüstern

„Ja, die Götter befreien. Daher versuchen die Götter auf die Welten zu gelangen. Und immer wenn es ihnen gelingt, mit ihrer Kraft Mondgestein zu lösen, so fesseln wir Wächter das Bewusstsein darin um es erneut zu verbannen."

„Das ist es, was wir tun?", fragte Kaylon, die Antwort bereits kennend.

„Die Wächter, die Sha'anaar versuchen die Kraft im gefallenen Mondgestein zu bändigen, damit keine göttliche Macht entkommt."

„Wie lange muss dies noch passieren?"

„Solange die Fesseln halten", flüsterte Tajana.

„Ich banne sie", stellte Kaylon fest.

Tajana legte ihren Kopf auf Kaylons Brust und lauschte dem Klang seines Herzens, das für sie schlug.

„Ja, Du bannst sie."

„Und Du, Tajana?", fragte Kaylon. Seine Frage stand für verschiedenste Gefühle. Er kannte die Antwort, wollte sie nicht hören, musste sie aus ihrem Mund vernehmen.

„Ich nehme ihren Zorn auf mich, wenn Du sie bannst."

Den göttlichen Zorn. Pure reine Wut und Hass vor dem, was man ihnen angetan hatte und immer wieder antat.

Der Schmerz den Kaylon beim Kontakt mit dem Anaar spürte und nur durch den Bund mit Tajana überleben konnte, war die Kraft eines Gottes. Dies würde Kaylon vernichten, aber Tajana hatte eine Unendlichkeit erlebt um zu lernen, diese Schmerzen auf sich zu nehmen. Sie trug den Zorn der Götter auf ewig in sich. Ewig leben, aber keine Stunde glücklich sein.

Reise durch das Eis

Die Ara'chid bereitete Kaylon bei ihrer kalten Reise am meisten Sorgen. Das Mädchen beklagte sich nicht, aber sie fror offensichtlich. Die Soldaten kannten das Fyanland bereits, und Elfen hatten kein Problem. Sie konnten aufgrund ihrer Körperwärme hier nicht frieren. Kaylon selbst hatte seine Wurzeln hier im Fyanland, die Kälte und der Midwinter waren alte Bekannte. Was nicht bedeutete, dass er diesen Bekannten mochte.

Unter den Königlichen Soldaten gab es auch Elfen, nicht jeder elfischen Blutes gehörte der Rebellion an. Manche genossen die Privilegien oder wollten durch den Status Schutz für ihre Familie ergattern. Die Soldaten legten sich zum Warmhalten dicht beieinander. Kaylon wollte aber weder, dass die Soldaten, noch dass die Rebellen oder Esanielle Vi'landor davon erfuhr, wer das Mädchen war. Dies würde allerdings schwer zu verheimlichen sein, wenn sie die Nähe zu Elfen dieser Parteien suchte. Somit entschloss sich Kaylon dazu, am ersten Tag ihrer Eisreise zu Icaara zu treten.

Sie stapften einige Zeit nebeneinander durch die kalte Schneelandschaft, die Pferde waren alle in Kennahan geblieben. Dies war eine der zwei großen Einkommensarten des Dorfes. Das Dorf gab auf Pferde von Reisenden acht, sofern diese dafür zahlten, was bei Königlichen Streitkräften nicht immer der Fall war. Ansonsten verdienten die Einwohner einiges mit Eisexport. Das Eis im Fyanland hielt sich lange Zeit und in den richtigen Fässern transportiert verluden sie es nach ganz Midwinter und weiter. Es galt als teure Seltenheit. Um die Hündin Asha kümmerte sich der Herbergswirt.

Icaara störte es, dass Kaylon ohne zu reden neben ihr schritt, und schließlich begann sie zu pfeifen. Damit wollte sie ihrerseits ihn nervös machen. Es war ein Lied, das Kaylon an grausame Peitschenschläge erinnerte. Vielleicht sollte er lieber Aminar bitten, allerdings war diese dermaßen schweigsam und in Konzentration verfallen, dass er sie nicht zu stören wagte.

„Icaara, ich habe eine Bitte."

Langsam ließ die Elfe das Lied ausklingen.

„Was?"

„Die Ara'chid. Kannst Du sie warm halten?"

„Hm", Icaara trat gegen eine Schneeböe und schleuderte das weiße Pulver auf, „natürlich."

„Ich meine nur warm halten. Ohne sie…", er verstummte.

„Ohne was?", meinte Icaara unschuldig.

„Halte sie einfach nur warm, ja? Wir brauchen sie noch."

Er sagte nicht mehr um Icaara nicht weiter zu reizen.

Als sie nachts die Zelte aufbauten und die Außenwände mit Eis darauf bettend verstärkten, ordnete Kaylon die Ara'chid Icaaras Zelt zu, das diese eigentlich mit Inaa teilte. Das Mädchen würde schon ihren Platz finden, dachte sich Kaylon. Außerdem stand die Enge hier für reine Wärme.

Die Ara'chid trat nach den Elfen ein, sie hatte ein letztes Mal, trotz aller Kälte, das Lager inspiziert. Das Mädchen war ausgebildet stets ihre Umgebung zu kennen. Sie wusste genau, wer sich wo befand. Die zwei Elfen kicherten im Zelt, als die Ara'chid eintrat. Es gab Platz zu dritt zu liegen, aber nicht viel mehr. Das Zelt war ein Stück in den Schnee eingegraben, die draußen so kalte Substanz half hier drinnen zu isolieren und Wärme im Zelt zu halten. Die Elfen hätten vermutlich auch im Freien schlafen können, allerdings störten die Schneestürme. Während Aminar in ihrem Zelt Magie studierte, würden Icaara und Inaa das Mädchen überleben lassen.

Aus der weiten Kapuze ihres Umhanges blickte das Mädchen auf die Elfen, die im Kerzenschein im Zelt weilten. Inaa lag bereits unter einer Decke im linken Teil der Unterkunft, Icaara kniete noch im rechten. Die Ara'chid nahm die Decke, die sie mit ins Zelt gebracht hatte, und wickelte sich noch im gebückten Stehen darin ein. Icaara zog ihr Unterhemd gerade aus, als sie zu dem Mädchen meinte: „Leg gefälligst die Robe ab, wir wollen gewiss nicht von Nadeln gestochen werden."

„Meine Nadeln handeln nicht ohne mein...", begann das Mädchen und verstummte überrascht, als sie sah, was unter Icaara Hemd offenbart wurde. Diese Muskeln konnten sie in Stücke reißen, überfiel es das Mädchen in Gedanken. Ihre Angst vor Tajana bekam gerade ein Ebenbild. Ein noch muskulöseres Bild. Unter der Kleidung hatte es nicht so gewirkt. Icaara bemerkte den erschrockenen Blick.

„Zieh Dich aus, wir wärmen Dich bloss", sagte sie mit wohlwollendem Kang.

Ein Unterton in der Stimme spornte die Ara'chid an, dem nachzukommen. Egal wie wenig Angst, Furcht und Schmerzsensibilität ein Wesen innehat, der Kontakt mit einer Atrîsh konnte einen zur Aglophobie führen. Allein die Befürchtung von Schmerz konnte zum Verlust jeglicher Selbstkontrolle führen. Inaa gähnte mit vorgehaltener Hand. Es war ein langer Marsch gewesen.

Die Ara'chid hatte nicht vergessen, wie zärtlich und beinah freundlich die Stimme der Atrîsh bei der Folterung zeitweise gewesen war. Sie entkleidete sich langsam unter dem Schutz der Decke. Icaara nahm ein dünnes Hemd aus ihrem Rucksack und zog es über. Die Ara'chid legte sich zwischen die beiden Elfen. Für den Hauch einer Sekunde war ihr schmächtiger überall vernarbter Körper sichtbar, als die Decke dabei verrutschte. Die Elfen warfen einander einen Blick zu.

Behutsam legte Icaara ihren festen Arm um das Mädchen. Sie wusste, dass das Mädchen Tajanas Behandlung hinter sich hatte. Dieses Mädchen hatte Glück, dass Kaylon sie mochte. Wobei, Kaylon bestimmte hier nicht, dachte sich Icaara. Der Gedanke reizte sie.

„Wem gehörst Du?"

„Lord Kaylon Midwinter", kam es leise zurück.

„Vielleicht sollten wir das ändern?", meinte Icaara mit einer Mischung aus Spott und Spaß.

„Ich kann mich dagegen nicht auflehnen, es ist meine Bestimmung", sagte die Ara'chid beinahe flehend. Das verstand die Elfe. Sie spürte auch, wie die Ara'chid sich unter ihrem Arm wand. Für den Augenblick war das genug.

„Mach Dir keine Gedanken, wir sind keine Feinde", munterte Icaara das Mädchen auf, „Komm schon, ich bin warm, das ist alles. Du sollst hier nicht erfrieren."

Behutsam erhöhte Icaara den Druck ihres Armes ein wenig. Sie küsste die Ara'chid leicht in den Nacken und ein wunderbares Gefühl breitete sich in dem Mädchen aus, das sich daraufhin langsam entspannte. Das Mädchen kuschelte sich durch die Decken an sie und fühlte sich behütet.

„Sag wenn Du mehr Wärme brauchst, Inaa beisst ebenfalls

nicht. Keine Scham, hier geht es um Überleben."
Die Ara'chid war Zeit ihres Lebens niemals in die Arme geschlossen worden. So dachte sie. Ganz unrecht hatte sie damit nicht, denn das letzte Mal lag weit ausserhalb der Grenzen ihres Erinnerungsvermögens. Es war daher ein ungewohntes Gefühl, aber es versprach erholsamen Schlaf.

Wie sehr es um reines Überleben hier im Fyanland ging, bewies Kaylon am nächsten Morgen. Mit freiem Oberkörper trat er bei Morgengrauen aus seinem Zelt und nahm am Weckappell der Soldaten teil. Zwar waren diese Soldaten Streiter der Krone, allerdings war er als Mitglied der Familie Midwinter und als Erbe nicht ganz unwichtig in der militärischen Hierarchie. Die Krieger sahen den Erben mit durch die Kälte dampfenden Körper bei ihnen stehen, als sie zum Appell antraten. Niemand von ihnen wollte dabei Schwäche zeigen. Moral und Disziplin liegen eng beieinander, und die Midwinter wussten diese Instrumente zu führen. Sein Plan, die drei völlig unschuldigen Soldaten von Tajana dermaßen bestialisch töten zu lassen, hatte sein übriges getan. Dieser Trupp würde ihm in jede Welt folgen, selbst durch das Fyanland.
Als Kaylon das Zelt wieder betrat, war seine Haut nur leicht verfärbt. Eiligst griff er erneut nach der Flasche mit Rashquai, einem starken alkoholischen Getränk, dass Zwerge brauten. Man – auch Zwerge – trank es verdünnt. Er setzte den Flaschenhals an und stürzte einige Schlücke hinunter. Es half, die Kälte zu vertragen. Leider war es Mangelware, also gab es diesen Geheimtipp nur für die Midwinter. Aber es half immer wieder eindrucksvoll, vor die Soldaten zu treten und ein gutes Vorbild abzugeben.

„Na, alle Soldaten vollzählig?", fragte Tajana.

„Seit der letzten Zählung in Kennahan keine neuen Verluste. Ich denke, die Moral ist auf höchsten Stand eingefroren."

Kaylon grinste ein wenig schief, der Alkohol tat seine Wirkung.

Tajana trat an den Eingang und schaute hinaus.

„Dass Du dieses Zeug brauchst. Ich habe Dich doch die ganze Nacht warm gehalten", bemerkte sie sanft.

„Lass uns einen Eissee suchen, wir können ihn aufbrechen und schwimmen gehen", meinte Kaylon während er sich ankleidete. Das Schwimmen würde auf ewig eine ihrer gemeinsamen Anspielungen bleiben.

Die Reise durch die eisigen Felder verlief unspektakulär. Die Ara'chid hielt sich nahe bei Icaara um gewärmt zu werden. Das Anaar lag nicht mehr im Eis. Aber irgendwie hatte Kaylon dies geahnt. Eine gewaltige Schmelzspur führte vom großen Krater fort. Sie war deutlich erkennbar, trotz des in der Zwischenzeit gefallenen vereisten weißen Pulvers und des frischen Neuschnees. Und Kaylon wusste ebenfalls, wo diese Spur enden würde. Diese Ahnung konnte man logischen Menschenverstand oder die Verbundenheit von Zwillingen nennen.

Doch bereits König Marwayn Midwinter hatte gesagt: Wissen wir nicht erst, was am Ende des Weges liegt, wenn wir ihn ganz gehen?

GÖTTLICHES ZWISCHENSPIEL

Eine dunkle Frauenstimme fand ihren Weg durch seinen Traum zu Kaylon.

„Wir führen Dich, leiten Dich und wachen über Dich."

„Ich bemächtige Dich, Welten zu erobern", sprach eine schroffe Stimme.

„Ich mache Dich unsterblich", erklang es verführerisch aus der Nähe.

„Dein Waffe wird von mir gesegnet, so dass sie jeden Feind zerschmettert", dröhnte es schrill.

„Viele Jünger werden Dir folgen, wenn Du mein Wort verkündest!", erläuterte eine ruhige männliche Stimme.

„Ich schenke Dir Trost und Geborgenheit", flüsterte eine freundliche Frau.

„Die Kräfte des Wetters sind Dein auf meinen Befehl, folge mir", sagte ein ernster Mann.

„Wir sind Deine Zukunft, Dein Glauben, Deine Gegenwart. Vertraue uns, wir enttäuschen nicht. Folge uns, wir sind der rechte Weg. Lerne von uns, wir teilen unser Wissen. Denn wir sind Alles", erklärte die dunkle Frauenstimme sanft.

ICAARAS ERINNERUNG

Die Zeit, in der Wünsche wahr werden: dies war die Zeit der Götter. Eine Zeit, in der Gebete nicht nur gehört, sondern erhört wurden. Die Macht der Wunder war überall. Wer den Göttern viel gab, wurde reichlich belohnt.

Der Glaube an die Ewigkeit nach dem Leben beeinflusste die Welten. Man nahm alles hin, solange die Götter einem dadurch gut gesinnt waren, in der Hoffnung auf Belohnung in der nächsten Welt. Der Welt in der Mitte der anderen, manchmal fälschlicher als achtundzwanzigste Welt bezeichnet. Es war die Welt nach der anderen, die Welt der Götter. Die Welt nach dem Tod. Dort würde Friede und Liebe herrschen.

Es waren viele verschiedene Götter, die ihren Einfluss auf die denkenden Wesen der Welten zu verbreiten suchten. Diese Erzeuger der Schöpfung hatten unterschiedliche Ziele, aber eines war ihnen gemein. Sie waren Götter, und so wollten sie behandelt werden.

Icaara war eine Elfe. Dieser hochgewachsenen Gattung wird langes Leben nachgesagt. Sehr langes Leben. In ihrem Leben zeugen sie in der Regel höchstens ein Kind der Liebe, selten zwei. Sie waren phantastische und besonders schöne Wesen in den Augen der Menschen. In der Betrachtung der Zwerge entstand meist nur ein Kommentar derart: zu groß. Unter den Göttern jedoch galten sie als die, welche Zeugen waren.

Denn einzig unter der Gattung der Elfen gab es noch Individuen, die die Zeit der Götter erlebt hatten und bezeugen konnten, dass es sich nicht um Mythen handelte.

Allerdings können Elfen schweigen. Und dies tun sie seit Jahrtausenden. Die Elfen hatten die Götter seit Anbeginn geliebt, und die Götter liebte diese ihre Kinder. Trotzdem sind es die Elfen, die ihre Schöpfer verleugnen. Denn sie hatten den Aufstand gegen die Götter begonnen.

Icaara war ein kleines Kind gewesen, als die Götter noch unter den Welten wanderten. Wie jeder Elf begann sie eigene Erinnerungen zu sammeln, trug aber auch die Rassenerinnerung ihrer Gattung in sich, wie dies lediglich Elfen tun. Die Geburtssprache der Elfen, Eshnu'Vilanus gehörte dazu.

Durch die lange Lebensspanne der Elfen, die schier ins unendliche zu ragen schien, entwickelten sich die stärksten Bindungen der Götter zu manchen Elfen. Götter und einige der ehrenwerten Ältesten unter den hochgewachsenen Geschöpfen des Sternenvolkes, wie man die Elfen nach ihrer Entdeckung der Mondportale nannte, wurden Freunde.

Diese Freundschaft und die Mondportale vernichteten die Götter schließlich. Ihre Freunde wandten sich gegen sie, nachdem die Elfen lernten, wie man die Götter durch die Mondportale und gewaltige druidische Kräfte bannen konnte. Der schreckliche Krieg, der bei dieser Entdeckung aufbrannte und wie ein verzerrendes Feuer des Fanatismus auf allen Seiten über die Welten brannte, brachte den Himmel zum Tränen. Doch auch wenn Götter weinen, müssen sie keine Gnade zeigen.

Die Schöpfer opfterten ihre Anhänger rücksichtslos im letzten Versuch des Aufbegehrens gegen die Verbannung. Icaara war im Götterkrieg geboren worden, der viele grausame Jahre andauerte. Sie war damit in Elfenmaßstäben ein wenig jünger als Tajana und Aminar, die ihre Kindheit zur Zeit der Götterkriege bereits erlebt hatten. Eine Kindheit, die bei Elfen in Jahrzehnten gemessen werden. Schon als junges Mädchen wurde Tajana in den Kampf gegen die Götter gerissen, als sie unter den Druiden aufwuchs. Sie wurde eine Waffe, wie viele andere Elfenmädchen. Bereits erwachsene Elfenfrauen waren die ersten Druidinnen der Sha'anaar nach dem Ende des Krieges, als Tajana und Aminar Novizinnen wurden. Icaara trat kurz nach ihnen bei und die drei wurden schnell unzertrennlich. Die Sha'anaar bildeten Atrîsh um Atrîsh aus, weil diese ebenso schnell dem Wahnsinn verfielen, wie sie gebraucht wurden. Die Kraft der Götter war Jahre nach dem Ende des Götterkrieges sehr stark, und sie brachen immer wieder Teile des Anaar. Die Wächter standen dagegen an. Menschen und Elfen starben beim Versuch sie zu bändigen, zahlreiche Atrîsh verloren ihre Geistesmacht, einige mussten vom Ring selbst getötet werden. Es war eine Vielzahl an Atrîsh notwendig um selbst kleine Bestandteile des Anaar zu handhaben.

Die Phase des Götterkusses galt als das große Aufbäumen der Götter aus der Verbannung nach dem Götterkrieg. Fast hätten sie trotz der unzähligen Opfer des Rings der Sha'anaar vermocht, sich zu befreien. Unter all diesen Hunderten von Atrîsh aus vielen Welten überlebten nur dreiunddreißig. Darunter auch Aminar und die erst spät ernannte Tajana. Diese gingen dermassen gestärkt aus dieser Phase des Götterkusses hervor, dass sie fortan in der Lage waren, das Anaar jeweils allein mit ihrem Wächterpartner zu bannen. Icaara schloss ihren Novizinnenstatus erst nach dem Götterkuss ab. In den späteren Jahrhunderten starben weitere Atrîsh bei der Bändigung des Anaar. Novizen wurden weiterhin ausgebildet, aber sie wurden nie gegen das Anaar entsandt. Die neue Nachkommenschaft im Ring dient der Verteidigungsbereitschaft, wenn die letzte der ursprünglichen Atrîsh versagt. Viele versagten bereits und zogen sich als aktive Atrîsh zurück. Nach und nach vermochten immer weniger von ihnen dem Anaar standzuhalten. Der Geist einiger war verloren, manche konnten sich retten und vermögen dafür nicht mehr, gegen das Anaar selbst anzutreten.

Stark genug, allein gegen große Teile des Anaar ausgesendet zu werden, war nur eine unter den Elfen, die heute als mächtigste Atrîsh bei der Bekämpfung des göttlichen Zorns galt. Ihr war es zu verdanken, dass nicht eine Vielzahl an Atrîsh dafür benötigt wurden. Sie war seit beginn ihrer Erinnerungen Icaaras Idol. Das Elfenmädchen hatte für sie geschwärmt, die Novizin hatte sie verehrt, die Elfe liebte sie abgöttisch. Sie hatte dieser Atrîsh immer nachgeeifert, und sie war alles, was Icaara als Perfektion ansah.

Es würde sich zeigen, ob Icaara jemals stark genug sein würde, diese Atrîsh zu ersetzen. Denn dies war ihre Bestimmung unter den Druiden der Sha'anaar. Dort einzuspringen, wo die Elfe, die Icaara anbetete, versagte. Es war ein gefährlicher Zweispalt, auf Schwäche zu hoffen, diese aber aufgrund der Bewunderung niemals eingestehen zu können.

Seit Jahrtausenden war ihre offizielle Aufgabe, diese Atrîsh zu begleiten, ihren Weisungen zu folgen, zu lernen und zu beobachten. Und den Platz der Atrîsh einzunehmen, wenn die Zeit gekommen war. Und so folgte Icaara Tajana auf ihrem Weg in den Zorn.

DIE FESTE MIDWINTER

Die Feste Midwinter ist in das gefrorene Gebirge am Fyanmeer geschlagen. Menschenmassen starben bei den Arbeiten an dieser gigantischten Wehranlage der Welten.

Man konnte die Feste Midwinter angreifen, sie belagern, auf sie einschlagen, wieder und wieder. Niemand würde sie jemals erobern, wenn ihre Pforten von innen geschlossen waren. Und draussen wartete der eisige Tod.

Auch wenn das letzte Wesen in der Feste starb, würde kein Eroberer die Pforten öffnen können. So heißt es auf der Welt Midwinter, und niemals wurde diese Regel verletzt.

Belagerer gegen Rivenfort Midwinter hatten vor Hunderten von Jahren versucht ihn dort auszuhungern. Doch das Fyanmeer war reich an Fischen, Robben und Algen. Die Feste hatte Zugänge auf der Hinterseite zum Meer, welches die Hauptnahrungsquellen der Feste bot. Den Insassen gelang es so, sich zu ernähren. Über das Meer liess sich nicht angreifen. Die Eisschollen machten es Schiffen unmöglich nahe genug heran zu manövrieren. Die Mischung aus Eismeer und Schollen hinderte Armeen daran, einen Fussweg zu finden.

Einst hatte Griven Midwinter spezielle Eisbrecher im Hafen von Tjarn bauen lassen und griff damit seinen Bruder, den König, in der Feste an. Die Schiffe bahnten sich ihren Weg durch das trügerische Eis. Von seiner gewaltigen einundzwanzig Schiff starken Flotte, die zu bauen zwei Jahrzehnte gedauert hat, erreichten bloss drei Eisbrecher das Ziel. Doch die Feuerschleudern der Feste zerstörten sie. Diese Feste ist uneinnehmbar.

Doch die Welten drehen sich, während die Monde sie umkreisen. Die Zeiten ändern sich. Wir schlafen, wir wachen, wir schlafen, während die Zeit verrinnt. Die Welten erbrennen, lodern auf mit kleiner, stetig steigender göttlicher Flamme. Dies ist die Zeit der Veränderung. Eine Zeit in der alles möglich ist, Wunder geschehen können.

Kaylon Midwinter, Lord von Midwinter, Erbe der Krone sah auf die Feste. Er atmete die eisige Luft ein und hauchte sie aus. Als Kind hatte er hier gespielt und sein Vater hatte ihn die Verteidigungsanlagen bewundern lassen. Zuletzt hatte Kaylon diese Festung verlassen, halb tot, von seiner Mutter fortgeschickt, die nach Art der Midwinter ihrem Sohn nach seinem Tötungsversuch das Leben schenkte. Er war in Schande gegangen. Einige Soldaten hatten ihn durch die Schneegebiete eskortiert.

Damals waren seine Truppen in die Feste gelangt, weil man sie ihm von innen geöffnet hatte. Er hatte als starker Anwärter auf den Herrscherthron gegolten und die Welt war bereit für ihn. So finden sich leicht Verbündete. Doch er hatte versagt. Jetzt stand er hier und ein bewiesener mächtiger Thronfolger befand sich in der Feste. Königin Maylin Midwinter, die mit ihrer Intelligenz und Verschlagenheit als Waffen herrschte.

Mit jedem Atemzug näherte er sich der Zukunft. Und dem, was sich an Plan in ihm kristallisiert hatte. Die gewaltigen Schleusentore der drei hintereinanderliegenden parallellen Wallmauern vor der eigentlichen Festung und das schwere Portal im Berg öffneten sich vor dem Lord Midwinter.

„Kaylon, falls Du etwas verheimlichst … ich meine, wenn Du …", es war sehr selten, dass Tajana herumdruckste, „Wir stehen hinter Dir!"

Kaylon atmete ein letztes Mal tief aus, bevor er erwiderte: „Wenn wir verlieren, was macht es aus, solange wir verbunden sind?"

Er drehte sich zu seiner Atrîsh und lächelte sie an.

„Ich bin Kaylon Midwinter, Lord von Midwinter, Erbe der Krone und meiner Atrîsh Tajana Ashtansiel ewig zugetan. Was auch immer passiert, wir sind ein Wächter. Nichts kann uns geschehen."

Tajana musste spontan an das Bild der Götter denken, dass sich in ihrer Kindheit in ihren Geist gebrannt hatte.

Die eintreffende Leibgarde der Krone lenkte sie ab.

Es handelte sich um zehn Gardisten. Sieben Menschen, drei Elfen. Was mussten diese Elfen getan haben, um ihn die königliche Ehrengarde des Throns der Midwinter aufgenommen zu werden? Tajana sah Männer und Frauen. Am Emblem der Familie Midwinter und dem der Krone konnte sie erkennen, dass dies keine gewöhnlichen Soldaten waren.

„Nur zehn Soldaten? Ich war ja bereits erstaunt, als die Tore aufschwangen", bemerkte Esanielle Vi'landor und sprach damit vermutlich aus, was alle ausser Kaylon dachten. Selbst die Midwinter Truppen, die sie begleitet hatten, blickten verwundert drein.

Kaylon blickte die Elfe nicht an, sondern starr auf die zehn Soldaten, die durch den Schnee aus den Pforten zu ihnen stapften, als er antwortete: „Diese zehn haben Alturien vernichtet, als man vergaß, König Marwayn Midwinter den notwendigen Respekt zu zollen. Sie allein haben vom Thronschiff der Midwinter aus die Flotte von Kaiaman auf den Grund der Meere geschickt. Das ist die Ehrengarde der Krone. Alle Eure Zenturien leben nur einen Atemhauch, falls dies ihren Befehlen entspricht."

Esanielle bekam ein mulmiges Gefühl, etwas, das sie nicht oft empfand. Sie hatte eine Ahnung, wer ihnen dort entgegentrat. Die Ehrengarde der Krone war ein Trupp von zehn Streitern, die der Krone direkt unterstellt waren. Sie waren kein Ersatz für die königliche Leibwache sondern ein Truppenteil der für besondere Aufgaben eingesetzt wurde. Ein jeder der Krongardisten war mächtiger als hunderte Soldaten.

Tyrian Mailander, ein entfernter Verwandter der Königsfamilie trat vor. Jeder seiner Schritte ging problemlos durch den hohen Schnee. Kaylon erwartete ihn.

„Seid gegrüßt, Lord Midwinter."

„Danke Dir, Tyrian. Gleich zehn auf einmal? Hätten weniger nicht auch gereicht?"

Tyrian lächelte kein bisschen: „Weniger wäre respektlos Euch gegenüber, Lord Midwinter. Königin Maylin bestand auf eine angemessene Begrüßung."

„Die Elfen stehen unter meinem Schutz und Kommando", bemerkte Kaylon mit einem Wink zu den ehemaligen Rebellen.

Tyrian nickte: „Ja, die Kunde darüber hat den königlichen Hof bereits erreicht, und Königin Maylin Midwinter hat positiv darüber entschieden. Ich habe die Ehre, Euch und alle Eure Begleiter in die Festung Midwinter zu führen."

Kaylon hockte sich in den Schnee und zog gedankenverloren Linien in die weiße Fläche. Alle sahen ihn gespannt an. Esanielle gab mit kaum sichtbaren Handzeichen Kommandos an ihre Zenturien. Sie traute niemanden außer ihren elfischen Soldaten.

Tyrian Mailander starrte zu Kaylon hinunter und wartete. Kaylon erhob sich, sah seinen Verwandten an und sprach: „So sei es."

Daraufhin drehte sich Tyrian und führte sie in die Festung der Midwinter. Kaylons schwere Stiefel zerstörten das Gedankenbild im Schnee. Hinter den schweren Toren der Festung und nach einem sehr langen Gang mit Engpässen und nicht sichtbaren Fallen für unwillkommene Eindringlinge, erreichten sie eine große Halle mit mehreren Ausgängen. Hier wies Tyrian die ehemaligen Rebellen und Esanielle Vi'landor an bis auf wenige Leibwachen ihre Truppen von einigen Midwinter-Soldaten wegführen zu lassen. Kaylon trat zu der elfischen Adligen und winkte einen Elfendruiden herbei, der sich auf der Reise als Sprecher der ehemaligen Rebellen herauskristallisiert hatte.

„Eure Truppen werden in der Kasernenstadt, das sind entsprechend große Höhlensysteme der Festung untergebracht. Wir werden eine Audienz bei meiner Schwester haben."

Der Druide Di'andar widersprach: „Niemand trennt uns!"

Doch Esanielle erkannte die Lage: „Bleibt ruhig, Rammayan. Wir haben einen gefahrvollen Weg eingeschlagen, doch jetzt ist nicht der Moment anzuhalten. Ob wir vertrauen oder nicht spielt keine Rolle. Wir sind ohnehin ausgeliefert."

Kaylon nickte lediglich. Nach einer Stille, in welcher der Druide unschlüssig herumschaute, bemerkte Kaylon: „Ihr steht unter meinem Schutz, Druide, wie auch alle Eure Getreuen und die Truppen der Vi'landor."

„Und was bitte ist der Schutz des Lord Midwinter gegen

das Wort der Königin wert?", kritisierte der Druide.

Tyrian Mailander mischte sich ein: „Das Wort der Königin widerspricht dem Lord Midwinter nicht. Zweifelt Ihr es an?"

Kaylon fügte hinzu: „Ein Midwinter läßt keine Feind in seine Festung kommen. Ihr solltet das wissen, Druide, lebt Ihr nicht auf Midwinter?"

Der Druide nickte schließlich und trat in den Hintergrund um zu einigen Elfen zu sprechen. Esanielle gab ihre Kommandos aus. Eine deutlich kleinere Gruppe folgte Tyrian und den Ehrengardisten der Königin jetzt. Sie passierten einige Gänge und große Hallen. Die Festung Midwinter war gigantisch. Sie sahen in Stein gehauene Bilder und Statuen der Ahnen der Midwinter. Aber kaum jemand der Gäste wusste, dass sich an der Decke jeder der hohen Hallen zahlreiche Vorrichtungen befanden, die sie in Sekunden hätten töten können. Midwinter legten Wert auf Sicherheit. Kaylon jedoch kannte diese Hallen. Jede kleine Einzelheit. Während seine Schwester meist ihre Zeit in der Bibliothek verbracht hatte, war Kaylon bei Besuchen in seiner Kindheit stets in den kalten steinernen Gängen unterwegs gewesen.

Tyrian hielt abrupt an und die gesamte Ehrengarde der Midwinter drehte sich zu dem Erben der Krone und kniete nieder. Die anderen waren für einen Moment erschrocken, aber Kaylon atmete ruhig tief ein. Er trat zu der hohen, aber schmalen Tür auf die Tyrian zugesteuert war. Tajana wollte ihm folgen, aber der Mailander trat ihr in den Weg. Tajana sah ihn erbost an, aber Kaylon sprach ohne sich umzudrehen: „Wartet kurz. Dies hier ist nur für Midwinter."

Die Tür öffnete sich als Kaylon näher trat, und er verschwand in einem dunklen Raum. Die Atrîsh warf

Aminar einen zornigen Blick zu, bevor sie wieder den Ehrengardisten ansah. Tyrian blickte Tajana fest in die Augen, die immer noch wirkte, als wollte sie an ihm vorbei zu Kaylon: „Es ist die Gruft der Midwinter."

Tajana hielt inne.

Kaylon verabscheute die abgestandene Luft in der Krypta. Die abscheulichen Bilder, die sie in ihm hervorrief, waren Visionen seiner Zukunft. Auch er würde hier einst liegen, auf ewig die Nachfahren im steinernen Sarg erwarten, ihren Gebeten lauschen. Hier betteten sich die Midwinter zu ihrem letzten ewig währenden Schlaf. Kaylon fand es nicht sonderlich ansprechend. Aber immer, wenn er darüber nachdachte, schenkte er seinem Pragmatismus Gehör. Der sagte ihm, alles nach dem Tod kümmerte ohnehin nicht mehr. Die Decke in der Gruft war sehr niedrig, kein Vergleich zu den hohen Hallen im Rest der Festung.

Seine Hand strich über die schroffen Steinplatten, unter denen seine Ahnen schlummerten. Er selbst war es, der den Körper seines Vater hier zur Ruhe gebettet hatte. Ihn hergebracht hatte, als eingewickelte Bündel auf Kaylons Pferd. An diesem Steinsarg hielt Kaylon an und kniete davor nieder.

Aminar nahm Tajana an die Hand und beide traten einige Meter entfernt vom Grabeingang beiseite.

„Es ist ein fester Ritus der Midwinter, dass sie beim Eintreffen in der Festung die Krypta besuchen und ihrer Ahnen gedenken. Niemand anderem als einem direkten Midwinter ist der Zutritt erlaubt", erklärte die dunkelhaarige Elfe ihrer Freundin leise. Aminars Wissen stammte aus ihrer Zeit, als sie als elfische Spionin unter den Midwinter gearbeitet hatte. Doch diese Zeiten waren längst vergangen.

„Und darin lagern nur die toten Ahnen?"

Aminar zuckte die Schultern.

Kaylon versank ganz in der Stille, in seinen eigenen Geist. Für einen Moment vernahm er sein Herz schlagen, dann sein Blut in seinem Ohr pochen. Doch all das verging. Ein breites Lächeln legte sich auf sein Gesicht.

Nach unzähligen langen Atemzügen, die die anderen auf den Erben warten mussten, verließ Kaylon die steinerne Grabkammer wieder. Er wirkte ruhig und gelassen. Tyrian führte sie weiter. Ihre Delegation kam zum Thronsaal.

Während die Festung der Midwinter von außen wie eine Vereinigung von Steinplatten mit Eisberg wirkte und von innen bislang eintöniges kaltes grau geherrscht hatte, war der Thronsaal in den Augen der Betrachter einfach nur gewaltig.

Die doppelflügige stählerne Eingangspforte von etwa zehn Meter Breite glitt vor ihnen auf. Sie öffnete den Blick in eine etwa dreißig Meter breite Halle, die allerdings nach wenigen Metern direkt in eine, den ganzen Bereich füllende Treppe überging.

Der Thronsaal war die Treppe. Nach hinten verlief sie und somit der Raum spitz zusammen, so dass sich jeder Blick auf den Thron selbst fokussierte. Dort oben, thronend über den Besuchern, regierte Königin Maylin, Herrscherin von Midwinter.

Die Ehrengardisten schritten die Stufen hinauf und bildeten eine Gasse. Einige Leibwachen standen bereits auf den Stufen weit oben in der Nähe der Königin. Einfache Soldaten standen auf dem schmalen Platz vor der Treppe.

Maylin lächelte herunter. Kaylon lächelte hinauf. Er betrat die Thronstufen und schritt zu seiner Schwester. Maylin saß entspannt auf dem Thron. Sie trug ein dunkles grünes Kleid mit zahlreichen weißen Perlen und eine Krone aus purem Eis.

„Willkommen in Midwinter, mein Bruder.“

„Danke, Maylin. Wir fühlen uns geehrt, von der Königin persönlich begrüßt zu werden“, meinte Kaylon süffisant.

„Die Königin hat immer Zeit für den Thronerben. Und natürlich auch für solch tapfere neue Streiter der Elfen auf Midwinter.“

„Ich bin hocherfreut, dass diese mutige elfische Verteidigungsfront Dein Wohlgefallen findet.“

„Elfen, die für Midwinter stehen sind der Krone lieber, als Elfen, die sich dagegen erheben. Wer spricht für diese Elfen?“

„Der werte Druide Rammayan Di'andar hat diese Ehre“, antwortete Kaylon seiner Schwester.

„Er möge vortreten“, klang die helle Stimme Maylins. Kaylon winkte den Elfen hoch zur Thronplattform. Es gab eine schlichte Zeremonie, in welcher Königin Maylin Midwinter diesen Elfen die Befugnisse der Krone zusprach, eine elfische Einheit von freien Soldaten zu führen, die sie als das Elfenschild der Midwinter bezeichnete. Der Druide musste einen Eid leisten, diese Soldaten ausschließlich zum Wohle Midwinters und unter dem Oberbefehl der Krone und damit der Midwinterfamilie einzusetzen. Ein paar Worte hin und her, nichts wahrhaft verbindliches, doch wusste Kaylon, dass Maylin jeden Verstoss dagegen nutzen würde, um die elfischen Rebellen abzuschlachten. Danach begrüßte Maylin die Angehörigen der Sha'anaar mit ein paar freundlichen Worten und die adlige Elfe der Vi'landor Familie.

„Ich freue mich, dass die Vi'landor sich entschlossen haben, den Thronerben gegen Feinde Midwinters zu unterstützten. Die Krone zeigt sich überrascht, aber um so mehr wohlgesonnen."

Es gab die üblichen offiziellen Floskeln, die Kaylon so sehr hasste. Einer versicherte dem anderen wie sehr er um dessen Wohlbefinden besorgt war, damit sie später noch überraschender einen Schlag ausführen konnten. Politik. Dafür hatte er nichts übrig, wie schon sein Vater vor ihm.

„Jetzt lasst uns speisen, die Gäste Midwinters sollen nicht hungern", sprach Maylin schließlich und wies Tyrian an, die Gruppe in die Festhalle zu geleiten.

„Morgen ist auch noch Zeit für Lösungen", bemerkte sie abschliessend feinzüngig.

Der Weg zum Fest war nicht sonderlich lang. Tajana zog Kaylon zu sich und sprach ihn an. Am Ton ihrer Stimme war schwer zu erkennen, ob sie erbost war.

„Du weisst doch noch, warum wir hier sind?"

Kaylon nickte ihr sanft zu.

„Natürlich."

„Das Anaar, Kaylon. Nicht die Krone!"

„Ja, ich vermutete bereits, dass der Ring der Sha'anaar wenig Interesse an einem Ring aus Eis hat", grinste er die goldhaarige Elfe an. Tajana boxte im leicht spielerisch in die Seite und biss sich auf die Lippen um nicht zornig zu werden.

„Dabei ist die Krone nur in der Festung aus Eis. Im Rest von Midwinter tragen wir eher klassisch eine eiserne Krone. Sehr elegant mit Stacheln", er lachte leise. Tajana schaufte.

„Entspanne Dich, Tajana. Ich weiss, warum wir hier sind. Ich weiss auch, wo sich das Anaar befindet. Allerdings wird es nicht ganz leicht sein, heranzukommen. Maylin hat mehr als ein Auge bewachend darauf."

„Dann werden wir beratschlagen."

„Später. Die Zeit verrinnt. Wir nähern uns dem letzten Akt. Aber jetzt ist nicht die richtige Zeit."

MAHL UNTER STERNEN

Kaylon schritt durch die Tür, die der Mailander ihm persönlich aufhielt, in die Sternenhalle. Ein Chor aus menschlichen Frauen ließ freudvolle Töne erklingen. Aminar bemerkte zu Tajana, dass früher Elfenchöre die verschiedenen Herrscher auf Midwinter unterhalten hatten. Doch die Midwinterfamilie hatte dies bei Beginn ihrer Herrschaft geändert. Die Sorge um Attentäter war zu groß.

„Prei - set, den Himmel, jeden Stern. Gehet fern des Lichts. Dort wo der Him - mel steht und grausam herrscht, sieht auf uns herab der Ahn der Welt", sangen die Damen, während die Gäste zur Tafel der Sterne schritten. Kaylon Midwinter griff Tajanas Hand. Er zog sie enger an sich heran und lächelte sie an.

„Dies ist wahrscheinlich der einzig wahrhaft freudige Ort in der Festung. Ich freue mich, in Dir zeigen zu können."

Beinahe mit einem kindlichen Lachen deutete er an den hohen Säulen der Halle entlang zur Decke. Sie sah die geöffnete Kuppel mit einem Blick direkt auf die Sterne, die weit näher erschienen, als man unter freiem Himmel sehen konnte. Eisiges Glas schenkte den himmlischen Blick.

Gemeinsam schritten der Velaai und seine Atrîsh zu den Tischen. Es gab einige schwere und kunstvoll verzierte Blöcke aus Holz mit Eisdekor, dass sich durch ins Holz eingearbeitete Ritzen zog. Bilder der Geschichte von Midwinter. Szenen der ersten Schlachten, als die Welt noch geteilt war. Schauplätze, an denen der Ahn der Midwinter die Könige der Welt schlachtete, ihre Armeen niederzwang und die Bewohner unterwarf. Damals, als er der Welt

Midwinter den inneren Frieden schenkte, dem sich die Familie seither gewidmet hatte. Seit diesem Tag hatte niemals mehr ein Krieg auf Midwinter gebrannt. Es gab Schlachten gegen Eroberungsstreitkräfte an den Mondtoren und Aufrührer mussten niedergeschlagen werden. Aber seit die Familie Midwinter herrschte, hatte kein Krieg mehr Seelen dahingerafft.

„Kaylon, Deine Schwester ist nicht da", sagte Tajana, sich argwöhnisch umblickend. Die Tische waren reichhaltig mit Speisen und Getränken gefüllt und in parallelen Reihen angeordnet. Nur ein einziger Tisch stand abseits dieser Ordnung und orthogonal zu den anderen. Ein großer Thronsitz stand hinter dessen Mitte. Dorthin führte der Mailander den Erben der Midwinter und seine Gefährtinnen.

Er nickte: „Die Krone erscheint als letzte zum Mahl."

So war es eher ein Affront, dass er die Halle als erster Gast betrat und sitzend mit Tajana darauf wartete, dass sich die Plätze füllten. Es war ein Zeichen, wie fern Kaylon der Krone stand. Aber der Erbe der Krone ertrug dies duldsam.

Er erklärte Icaara and Tajana, mit denen er beieinander saß, was die einzelnen Eisgravuren an den Tischen darstellten und welche zeitlichen Epochen sie zeigten. Aminar half einige Male mit einigen Details. Es klang, als hätte sie diese Zeiten persönlich erlebt.

Als die Midwinter die Herrschaft ergriffen, gab es das jüngste Gericht. Es war, als kam eine brennende Welle der Vergeltung über die Erde um sie danach geeint zu hinterlassen. Geeint unter der Flagge der einen Familie aus dem Eis. Eine Zeit, die mit den Wünschen der Menschen begann. Man sagt: einst wird unter der Herrschaft der Midwinter die Zeit anbrechen, in der Wünsche wieder wahr werden.

Hier in dieser Halle wurden die Herrscher aus der Familie Midwinter nicht gekrönt. Sie krönten sich selbst. Macht bekommt man nicht verliehen, Macht ergreift man.

Einige Verwandte aus engeren Familienverbindungen waren Teil des Hofstaates, der hier sein Mahl mit der Königin einnahm. Ein paar der hohen Militärs durften ebenfalls mit speisen. Ausgewählte Elfen der neuen Truppe waren eingelassen worden. Nach ihnen wurde Esanielle mit ihrem Stellvertreter in die Halle der Sterne eingelassen.

„Und nur was man beschützen kann, sollte man sein eigen nennen", sagte Kaylon zu den Elfen der Sha'anaar im Verlaufe des Tischgespräches.

Da betrat die Königin den Saal, der jetzt gefüllt war. Das königliche Mahl wurde mit dem Eintreffen der Königin eröffnet. Nachdem sich alle zu ihren Ehren erhoben, bis sich Maylin Midwinter in ihren Thron niedergelassen hatte, erhob sie ihr Glas. Dies war das offizielle Zeichen, dass die Speise begann. Kaylon ergriff ein Stück Brot.

„Nun Schwesterherz und werte Königin", meinte Kaylon ruhig, „hab Dank für die Güte, uns Speis und Trank zu schenken."

„Lass die Formalitäten, Kaylon. Ich erinnere mich noch gut, wie Du mehr Essen im Gesicht verteilt hast, als mit Deinen kleinen Kinderhänden in Deinen Mund zu stecken", wies Maylin ihren Bruder zurecht, „Gute Tischmanieren stehen Dir nicht."

„Zeit zu verlieren Dir aber auch nicht, Maylin", konterte Kaylon bedächtig.

„Ist die Zeit nicht Besitz der Götter? Wie können wir dann Zeit verlieren."

Kaylon blickte Maylin fest in die Augen und versuchte in ihnen zu lesen. Das Wort „Götter" wurde nicht so häufig in den Welten des Elmbundes verwendet, als dass es nicht Überraschung hervorrief. Der Erbe vermutete, dass dies mehr als eine Anspielung war. Aminar mischte sich in ihr Gespräch: „Vielleicht ist die Zeit auch einer der Faktoren, die nicht einmal die Götter kontrollieren können."

Maylins kalter Blick wandte sich zu der Elfe: „Ist Euch aufgefallen, dass das Gerede von einem Gott oder Göttern auf den Welten stetig angeschwollen ist? Es häufen sich die Nachrichten von irren Propheten, Predigern, angeblichen Göttersöhnen. Vielfach werden sie verspottet, eingekerkert, gesteinigt, geköpft oder gekreuzigt."

„Das Volk der Elfen hat den Menschen oft in allen Zeiten erklärt, dass es keine Götter gibt", warf Aminar ein.

„Elfen auf Midwinter erklären uns Menschen nichts", sagte Maylin mit besonders freundlichem Ton.

„Vielleicht hört Ihr Ihnen nicht zu", sprach Tajana mit gefährlichem Unterton.

Maylin erklärte: „Oh, gerade jetzt in diesen Zeiten interessiert mich das Geplapper der Elfen sehr. Ich befrage daher einige der älteren besonders intensiv."

„Vielleicht seid Ihr einfach nicht geschickt im Befragen", erwiderte Tajana.

„Heb Dir ein wenig Appetit für das Eis auf. Die Nachspeise ist eine Delikatesse", flüsterte Kaylon der schönen goldhaarigen Elfe neben sich in verschwörerischem Ton zu. Tajana blickte ihn mit hochgezogenen Augenbrauen an.

„Einige Lieder aus den alten Zeiten der Midwinter beinhalten Texte, die sagen, dass unter der Herrschaft der Midwinter eine Zeit der Wünsche anbricht", meinte Maylin mit belanglosem Klang.

„Hm, diese Zeit scheint mir bislang nicht eingetreten zu sein", reizte Tajana die Königin.

„Ich dachte mir kürzlich, ob nicht Götter die Wünsche der Menschen erfüllen würden."

„Wenn es keine reinen Märchengestalten wären", mischte sich Icaara ein.

„Welchen Wunsch hättet Ihr denn, Königin?", fragte Aminar die Herrscherin von Midwinter sanft.

Maylin lächelte wie ein Erwachsener, dem ein Kind nach langem endlich etwas besonders geistreiches fragt: „Oh, ich würde nur gern Wünsche gewähren."

Wie sollten Wünsche wahr werden? Wer konnte Wünsche erfüllen? Kaylon verstand.

Der Erbe der Krone tat sein Möglichstes um das Gespräch in andere Bahnen zu lenken: „Mir erscheint, als könnte bei einer Diskussion über mythische Götter keiner gewinnen."

Maylin unterbrach ihn: „Es ist die Philosophie der Wünsche, Bruderherz. Egal wer dabei siegt, es geht um mehr als einen Gewinner."

„So ist es auch mit dem Tanz der Midwinter, Maylin. Und der hat immerhin Tradition in der Familie. Pflegst Du dies noch unter den Truppen?"

Maylin lächelte: „Wie Du magst, Kaylon. Reden wir über den Tanz der Midwinter. Ja, wir pflegen das noch. Die Soldaten lieben es, sich zu messen. Vielleicht solltest Du den Tanz mit", Maylin ließ die Augen über die Elfendamen am Tisch streichen, "hm, dieser Elfe hier wagen?"

Sie deutete auf Icaara, als sie ihren Vorschlag machte: „Sie wirkt, als würde sie gern ihre Kräfte messen."

Kaylon lachte. Die Geschwister erläuterten um was es sich

beim Tanz der Midwinter handelte. Das weitere Tischgespräch wandte sich einige Male zwischen Themen wie dem ewigen Eis, der Sicherung von Mondtoren und einigen ausgefallenen Speisen, die serviert wurden. Am Ende des Mahls war es beschlossene Sache, dass Iccara sich mit Kaylon messen würde.

„Probiere den Nachtisch, Tajana. Es ist eine meiner Leibspeisen."

Nebenbei fragte Maylin, ob sie bereits von dem Weltenbeben im Elmbund vernommen hatten. Auf Aminars höfliche Frage hin, erläuterte die Königin in knappen Sätzen, dass die Zwergensippen endgültig in verschiedene Fraktionen bezüglich ihrer Ansichten über den RarDak zerbrochen waren. Das Weltennetz bebte nun von den Kriegshämmern der Zwerge.

Zum Abschluss des Desserts verzauberten Mondweber zu ihrer Unterhaltung das Schwert eines Offiziers. Der Soldat wurde damit für besondere Verdienste geehrt. Aminar missfiel offensichtlich, wie die Mondweber Magie aus einem kleinen Stück Elmstein gewannen und diese in das Schwert woben.

TANZ MIT ICAARA

Icaara stellte sich zwei Elfenlängen vor Kaylon auf und sah, wie er zwei Holzstangen vom Boden nahm. Es war später Abend nach dem königlichen Mahl. Jede Stange maß etwa zwei Handlängen und war zwei Finger breit.

„Keine Tritte, keine Kopfstöße, kein Töten der Gegner."

Icaara grinste schief: „Wie, Ihr tötet Euch hier nicht? Von Midwintern habe ich mehr erwartet."

Kaylon zwinkerte ihr zu und meinte leise, so dass die wenigen Anwesenden auf der kleinen Steintribüne ihn nicht hören konnten: „Ein toter Krieger ist kein Krieger mehr, der der Familie Midwinter dienen kann. Die Midwinter haben abgeschafft, dass bei Übungen jemand getötet wird. Ebenso bei diesem Tanz der Midwinter."

„Schlau", erwiderte Icaara, „und wir kämpfen mit so einem Stock da?"

„Jeder hat zwei. Verloren hat, wer keinen Stab mehr in Händen hält. Aufheben von Stöcken ist erlaubt, Festhalten des Gegners auch. Allerdings muss man dazu wohl einen Stock opfern."

„Hm", meinte Icaara sinnierend. Unter den Anwesenden befand sich außer ihnen nur Tajana und einige Angehörige der Streitkräfte von Midwinter sowie zwei Ehrengardisten der Krone. Letztere sahen still zu, wie Kaylon und Icaara auf dem kargen Platz, in der noch kärgeren Halle mit den von Eis überzogenen Wänden, vor der Tribüne Stellung bezogen. Lediglich zwei eisige Säulen ließen den Kampfplatz nicht vollends trostlos erscheinen.

Ein leises Lachen war von der Gruppe von Soldaten zu

hören. Fragend blickte Icaara zu dem Velaai ihrer Freundin. Kaylon grinste breit: „Sie lachen, weil ich gegen eine Elfe kämpfe."

„Sie trauen Frauen nichts zu?"

„Nein, aber im Allgemeinen lassen Midwinter Elfen einfach abschlachten und treten hier nicht mit ihnen zum Kräftemessen an."

„Ah", Icaara zog die Augenbrauen hoch. Jetzt bemerkte sie auch, das unter den Soldaten menschliche Frauen und Männer waren. Icaara legte ihre Gewand, eine dunkle Robe, mit wenigen Handgriffen ab. Sie zuckte die entblößten Schultern und ihre Muskeln waren dank des armlosen Überwurfes, den sie trug, deutlich zu sehen. Kaylon sah darauf und ahnte, dass dieser Übungskampf nicht leicht werden würde. Ein schiefes Grinsen überzog seine Lippen.

„Willst Du mir keine Peitsche geben?", spottete die Elfe den Erben Midwinters an. Dieser ließ den Blick von ihr ab, und warf ihr die zwei Holzstäbe zu, die er noch in Händen hatte. Danach nahm er seine eigenen auf, die noch am Boden lagen.

„Wann fangen wir an?", fragte Icaara spitz. Kaylon verbeugte sich spielerisch und meinte: „Wann immer Ihr bereit seid, werte Dame."

Sie griff direkt an, aber darauf war Kaylon vorbereitet. Icaara führte die Holzstöcke gut in ihrem Griff, aber Kaylon war es gewohnt sie zu schwingen. Wobei er dies lange nicht mehr getan hatte.

Ihr Schläge prallten mit voller Wucht auf seine. Kaylon verhielt sich defensiv. Er merkte, dass sie sich schlecht unter Kontrolle hatte. Was bedeutete, sie konnte nicht antäuschen oder mit halber Kraft schlagen, sie ging stets mit aller Macht zu Werke. Das lag tief in ihrem Charakter verwurzelt. Deutlich sprang ihn die Erinnerung an ihre Peitschenhiebe an. Zweimal prallten ihre Schläge besonders stark gegen seine abwehrend erhobenen Stöcke, und er sprang zurück. Taktieren war schon immer die Wahl seiner Waffe gewesen, dachte sich Icaara.

„Hier werden also lediglich Kämpfe ohne Konsequenz durchgeführt?", spottete die Elfe, als er sich aus ihrer Reichweite begeben hatte.

Kaylon sah zu Tajana, die im Publikum saß, und seinen Blick ruhig erwiderte. Er wusste, warum sie hier war. Er blickte wieder zu Icaara, die ihn nicht taxierte, sondern angriff. Blitzschnell wich er aus, doch sie kannte keine Ruhe im Kampf. Konnte man sich sonst von einem Kontrahenten zurückziehen um einige Herzschläge lang zu beobachten und den nächsten Angriff gezielt vorzunehmen, war dies bei Icaara kaum möglich. Andere Kontrahenten schätzten diese schnellen Momente des Energiesammelns, aber Icaara war voller Drang. Vielleicht konnte er dies zu seinem Vorteil einsetzen. Sie teilte ihre Kräfte nicht ein. Vielleicht lag dies auch an ihrer Jugend, und sie besaß einfach ein Übermaß an Kraft. Das konnte Kaylon bei einer Elfe schlecht einschätzen, immerhin war Icaara für ihn bereits uralt. Allerdings lediglich wenn er darüber nachdachte, denn in seinen Augen war sie eine junge Frau. Und Zeit zum Nachdenken besaß er in diesem Moment nicht. Sie stürmte weiter auf ihn ein, verfolgte ihn bei jedem Ausweichen, wandte ihren Körper, und stets sah er ihre Schlagstöcke auf sich eindringen.

Einen Gegner mit solchem Kampfstil müde zu machen, wäre sein erstes Ziel, wenn er nicht gewusst hätte, dass seine

Kraft vor ihrer erlahmen würde. Er entschloss sich, sie auszumanövrieren. Die Soldaten, welche den Kampf interessiert verfolgten, ließen keine Sekunde ihren professionellen Blick von den Kämpfern. Einige der älteren von ihnen hatten den Midwinter hier bereits in seiner Jugend kämpfen sehen. Gerade unter diesen Veteranen hatte Kaylon ein hohes Ansehen. Sie wussten, wie er kämpfte, und er konnte sie dennoch stets überraschen. Sie hatten seinen Vater verehrt und sahen Marwayn Midwinter in ihm. Das Erbe des gewaltigen Königs lag sichtbar in diesem Mann.

„Die Elfe kämpft gut", bemerkte ein junger Soldat und eine der Kriegerinnen nickte bestätigend.

„Das stimmt", sinnierte ein Veteran. Er strich über seinen kratzigen Bart: „Es wird nicht ganz einfach für ihn werden."

Kaylon hatte einige ihrer eintreffenden Schläge abgewartet und sie pariert. Bis er den richtigen gefunden hatte. Der Winkel ihres Schlages stimmte, die Kraft war erträglich und ihre jetzige Position war geeignet.

„Der Junge wird noch einmal König werden", sagte ein anderer Veteran, für den Kaylon immer der kleine Sohn des vorherigen Königs bleiben würde. Die jüngeren Soldaten sahen ihn entsetzt an. Der Sinn seiner Worte war nicht das Problem, aber die darin enthaltene Drohung für die momentane Herrscherin machte alle nervös. In Midwinter sprach man nicht gegen die Krone. Doch die anderen Veteranen murmelten zustimmend.

Icaaras Schlag mit der linken Hand prallte mit fürchterlicher Gewalt gegen Kaylons Rücken, nachdem er sich ein wenig seitlich abgedreht hatte. Es war der eine Schlag, den er bewusst nicht abgewehrt hatte.

Tajana blickte von Kampf zu den Soldaten neben ihr.

Ein Veteran sinnierte: „Mit zehn Jahren nahm er an der Schlacht von Eylna teil. Mit einem Kurzschwert bewaffnet rannte er in die Reihen der Gegner. Direkt an meiner Seite."

Kaylon hatte all seinen Willen für den Moment gesammelt, in dem der Schlag ihn traf. Er verdrängte den Schmerz, Tajana nahm ihn nicht einmal wahr, trotz des Bundes. Sie war weit schlimmeres gewöhnt.

„Ich und meine Männer schützten den Jungen so gut es ging, König Marwayn hatte uns dazu verpflichtet. Er war der Erbe Midwinters und galt als nächster König. Es war die ehrenvollste Aufgabe, die mir je anvertraut wurde."

Der Lord Midwinter führte seinen Arm gegen seine Kontrahentin und nahm damit seinen ersten Angriff in diesem Kampf vor. Sein Schlagstock traf auf eine nicht vorhandene Verteidigung. Icaara war stets mit attackieren beschäftigt. Kaylons Schlag traf sie unvorbereitet und geplant an der richtigen Stelle.

„Und wie wir den Jungen schützten, erkannten wir, dass er es war, der uns in die Schlacht führte", hing der Alte in seinen Erinnerungen.

„Sein Ungestüm wich taktischem Geschick, als er meine Einheit in ihre Flanke stechen ließ. Wir wichen nicht von seiner Seite, unsere Schilder nahmen die Kraft aus den eintreffenden Schlägen. Aber sein Mut war grenzenlos."

Während Tajana den verklärten Worten des Veteranen lauschte, schaute sie ihrem Velaai zu.

„Als ich selbst zu Boden fiel, stand der junge Midwinter bei mir und zog die Gegner auf sich. Ohne ihn wäre ich dort gestorben."

Icaara spürte das Rauschen ihres Blutes, nachdem Kaylons Stock mit voller Wucht gegen ihr Ohr geschlagen war. Sie nahm das Pochen wahr, aber sie hörte es nicht. In ihrem Kopf erklang lediglich ein dumpf anhaltender Ton. Als sie gereizt versuchte sich dem wegtänzelnden Kaylon zuzuwenden, bemerkte sie, dass ihre Balance durch die Verletzung am Ohr gelitten hatte. Sie stolperte einen Schritt lang, fing sich aber. Doch der Erbe der Midwinter nutzte die Gelegenheit und führte zwei weitere längst geplante Schläge aus.

Ein anderer Veteran bemerkte mit trockener Stimme: „Daran erinnere auch ich mich, Yonides. Es war eine glorreiche Schlacht. Niemals habe ich seitdem an ihm als Erben gezweifelt. Ich war dabei, als er seine Mutter in das Wasser tauchte. Wir hielten ihre Leibwächter von ihm fort."

Tajanas Augen verfolgten den Kampf, aber die Wahrnehmung der goldhaarigen Elfe gehörte den Kriegern auf der Tribüne.

Icaara fauchte wütend und ließ eine Schlagtirade gegen Kaylon folgen. Der sprang wieder zurück und benutzte die Strategie der Wölfe.

„Leider gelang es uns nicht, ihn ausreichend zu schützen. Die verfluchte Ehrengarde mischte sich ein und machte uns mit Stahl und Magie den Garaus. Und nicht einmal der Tod war uns vergönnt. An dem Tag verlor ich meine Ehre, als ich den Sohn Marwayn Midwinters enttäuscht habe."

Kaylon täuschte einen Angriff an, tauchte davon und trat Icaara in die Seite. Wölfe greifen niemals frontal an, sie taktieren, täuschen und beobachten. Bis ein Satz zur Seite gefolgt von einem Angriff sicher ist. Dann töten sie den Gegner.

Tajana wandte sich kühl an den traurig klingenden Veteranen: „Ihr habt ihn sicher nicht enttäuscht. Sonst würdet Ihr nicht mehr leben."

Icaara taumelte vom Tritt und dem noch fehlenden Gleichgewichtssinn. Der Wolf setzte nach, wie es bestimmt war.

„Ihm war an dem Tag der Thron bestimmt", sprach der Veteran, während er mit offenen und ehrlichen Augen die Elfe anblickte.

Ohne zurück zum Kampf zu blicken, erwiderte Tajana: „Oft denken wir, etwas sei bestimmt. Doch dann verliert die Bestimmung gegen das Schicksal."

Der Wolf ging in die Falle. Icaara hatte einen Stock abrupt und unerwartet fallen gelassen. Während Kaylon zum bestimmten letzten Schlag ansetzte, gelang es ihr, ihn mit der freien Hand an der Brust zu fassen.

„Ihr könnt Eure Ehre nicht verlieren, wenn Ihr ihm treu bleibt", wies Tajana den Soldaten zurecht.

Kaylon versuchte sich loszureißen, aber Icaara traf ihn bereits. Sie schlug nicht gezielt zu, dafür wieder und wieder mit purer Wucht. Als es ihm gelang sich von ihr zu entfernen, blutete sein Gesicht, und er wusste, dass er sich zahlreiche Prellungen und Schlimmeres zugezogen hatte. Für einen Moment war der Fluchtinstinkt das einzige, was ihn vor der direkten Niederlage bewahrte.

Die Stöcke zu Boden fallen lassen, würde den Kampf beenden. Aber dieser Kampf war noch nicht entschieden. Kaylon zwang seine Instinkte wieder unter seinen Befehl, während Icaara ihm weiter nachsetzte, und er ihr auswich. Die Gespräche auf der Tribüne hatten aufgehört.

Bei einer Parade verlor er seinen rechten Schlagstock nach einem Treffer gegen sein Handgelenk. Er musste seine Strategie überdenken, leider fiel das Denken nicht mehr leicht. Der Raum war begrenzt, das Ausweichen war schwer, denn seine Bewegungsgeschwindigkeit hatte nachgelassen. Und Icaara war in einer Art Rausch, vergleichbar mit der Raserei mancher Krieger in Schlachten, besonders vertreten bei den Gmemini, die für ihre Berserker berühmt waren. Bei deren Tobsuchtsanfällen half nur Abstand gewinnen. Doch Icaara trug keinen Schaum vor dem Mund, wie diese Barbaren es taten. Insofern bestand noch Hoffnung. Kaylon wich erneut den Stöcken aus, aber ihr gleichzeitig ausgeführter Tritt traf ihn und schleuderte ihn beiseite.

Unsanft prallte Kaylon gegen eine der Eissäulen. Für einen Augenblick genoss er die betäubende Kälte, bis er sich schnell hinter die Säule warf. Icaaras Stock schlug in den Eisüberzug des Pfeilers. Der Erbe Midwinters nutzte die Deckung der Säule um die Elfe auf Abstand zu halten und einige Sekunden lang ihren Attacken nicht ausgesetzt zu sein. Doch Icaara trieb ihn fort von der Deckung.

Schließlich brach Kaylon blutüberströmt von einigen Platzwunden am Kopf zusammen und lag mit dem Rücken auf dem Boden. Ohne erkennbaren Rhythmus hob und senkte sich sein Brustkorb.

„Durch eine Elfe…", meinte eine Soldatin und spuckte zu Boden.

Icaara setzte sich rittlings auf den Lord Midwinter und atmete einige Male tief ein. Sie beruhigte sich sichtlich dabei und ungesehen von den Zuschauen zierte Besorgnis ihr Gesicht. Mit der freien Hand fuhr sie über Kaylons Gesicht und strich sein Blut beiseite.

„Ihr jungen Leute habt keine Ahnung von Kriegsstrategie", meinte der Veteran namens Yonides zu der Kriegerin.

„Und Strategie hat nichts mit Schicksal zu tun", sprach der

andere Veteran zwar nicht in Tajanas Richtung, aber deutlich an sie gerichtet.

Bekümmert beugte sich Icaara über Kaylon. Es war ein Leichtes für ihn, ihr den Stock aus der Hand zu schlagen.

„Ein Midwinter würde ohne zu zögern alles für den Sieg opfern", sagte Yonides.

Der Stock, den er so krampfhaft während der letzte Angriffe, die ungeschützt gegen ihn eingeprallt waren, festgehalten hatte, berührte Icaaras Handrücken.

„Wenn er den Sieg als notwendig ansieht", fügte Yonides hinzu.

Der Rücken der Elfe, hatte Kaylons Bewegung für die Tribüne verdeckt. Fassungslos starrte Icaara Kaylons Augen an, die hinter dem Blut aufgetaucht waren. Sie spürte noch die Berührung des Holzes auf ihrer Haut, als er einige Wörter hauchte. Sie musste sich tiefer beugen um ihn zu verstehen.

„Konzentration auf das Ziel, Icaara."

Sanft strich sie über die Wange seines gemarterten Gesichtes und wollte ihren Schlagstock zur Seite legen. Er schüttelte den Kopf. Er hatte ihren Handrücken nicht bloß berührt statt richtig zu schlagen, damit sie ihre Waffe jetzt weglegte. Erstaunt führte Icaara ihren Mund zu Kaylons Ohr und flüsterte: „Du hast gewonnen."

Kaylon schloss kurz seine Augen und sucht nach Kraft. Als er sie gefunden hatte, öffnete er seine Augen wieder und hauchte: „Wir wissen das. Jetzt lass es uns würdig beenden."

Er stieß beinahe vorsichtig in ihren Kehlkopf, und Icaara ließ sich nach hinten fallen. Der Stoss war nicht schwerwiegend, aber er beeinträchtigte ihren Atem.

„Ein Midwinter kann auch verlieren, wenn es notwendig

ist", fügte Yonides seinen vorherigen Worten hinzu.

Irgendwie schaffte Kaylon es sich aufzurappeln, während Icaara mit den Auswirkungen des Kehlkopftreffers zu kämpfen hatte. Sie ließ sich lange damit Zeit. Der letzte Schlagaustausch war von Präzision und Wildheit beherrscht. Wilde Schläge von Kaylon, dessen blutgetrübte Augen schlecht sahen und präzise Schläge der Elfe gegen Kaylons Schlagstock, um seine Angriffe abzuwehren.

Als schließlich beide Stöcke im letzten Akt eng aneinander vorbei glitten und den jeweiligen Gegner trafen, lösten sich die Stäbe und fielen an gegenüberliegende Stellen auf die Kampffläche. Beide Kämpfer hatten keinen Stock mehr. Der Kampf war beendet.

Kaylon hatte weit mehr gewonnen, als einen Übungskampf. Icaara, deren Energie seit dem Verlust ihres Rausches nicht mehr in ihr hämmerte, sackte erschöpf an eine Säule. Kaylon stand noch einige Momente, bis auch er keine Kraft mehr aufbringen konnte.

MAGIE DER MONDWEBER

Tajana hatte ihrem Velaar Kraft geschenkt. Es war inmitten der Nacht, und Kaylon fühlte sich wieder unversehrt. Sie kleideten sich an, denn der Erbe der Midwinter hatte Tajana versprochen, dass er sie auf der Jagd nach dem Anaar nicht weiter vertrösten würde.

„Diese dreckigen Mondweber", stieß Tajana erbost aus, nachdem sie nach Kaylons Heilung mit den Gedanken bei ihrer Aufgabe war, „ich werde sie alle aufschlitzen. Und das ist nur der Anfang."

„Maylin scheint mehr Mondweber hier in der Festung zu haben, als üblicherweise. Vermutlich hat sie einige zusätzlich angeworbenen, seit dem sie Zugriff auf das frisch gefallene Elmgestein hat."

„Mit ihrer Hilfe wird sie es auch in diese Festung gebracht haben."

„Vermutlich. Doch unterschätzte meine Schwester nicht. Ihr stehen noch andere Kräfte zur Verfügung. Da sind nicht nur Mondweber. Sicherlich auch Blutmagier, Hexer, Elementformer, Seelenspeier und weitere Arkanarten."

„Du verstehst nicht, Kaylon. Diese Mondweber sind das Schlimmste. Sie wissen nicht einmal was sie tun. Es ist die Göttliche Kraft, die sie aus dem Anaar ziehen und in der Welt freisetzen. Durch diese in den Zeiten immer wieder leicht entflossene Macht konnten die Götter ihren Einfluss behutsam ausüben und vergrößern. Deine Schwester hat recht damit, dass die Kunde von Göttern immer mehr ansteigt. Die Götter wollen zurück. Und diese verfluchte Gilde der Mondweber hat ihren Weg geebnet."

„Aber sie Wissen das nicht. Es ist nicht ihre Absicht", warf Kaylon ein.

„Unwissenheit schützt vor Strafe nicht."

„Nichts schützt vor Strafe", grinste Kaylon. Er trug jetzt seine volle Rüstung und Tajana die ihre.

„Sag mir Kaylon, was planst Du wirklich?", fragte Tajana ihren Velaai.

„Ich will den Thron nicht, Tajana. Ich wollte ihn schon nicht, als ich Midwinter nach dem Mordversuch an meiner Mutter verlassen habe. Ich wollte ihn schon an dem Tag nicht, als mir gesagt wurde, ich solle dafür meinen Vater töten."

„Trotzdem ist da etwas, dass Du verbirgst", stellte Tajana fest und strich sich durch ihre goldenen Haare.

„Ich denke, die Götter sprechen zu mir, Tajana. Ich mag eine Puppe sein, aber ich ziehe meine eigenen Stränge", erklärte Kaylon seiner Atrîsh. Sie blickte ihn lange Zeit still an. Schließlich erwiderte sie: „Darüber sprechen wir später, dies ist nicht die richtige Zeit. Führ uns zum Anaar. Bei all dem Mondgestein hier ist es Zeit, dass wir handeln."

Inaa, die in einer Kammer in dem steinigen Gastflügel der Festung direkt neben Kaylon und Tajana untergebracht war, war zwischenzeitlich bereits durch die Atrîsh damit beauftragt worden, Icaara und Aminar zu benachrichtigen. Es dauerte nicht mehr lang, und die Elfen trafen sich in Inaas Raum.

Tajana flüsterte in harschen Worten mit Aminar, bevor sie diese Unterhaltung etwas lauter mit den Worten „Das besprechen wir danach" schloss.

Icaara fragte interessiert: „Und wie gelangen wir zu dem Anaar, ohne das Deine fürchterliche Schwester Maylin uns in die Quere kommt? Sie lässt uns doch sicherlich beobachten."

„Das sollte kein Problem sein. Sie hat andere Sorgen", sagte Kaylon breit lächelnd.

„Andere Sorgen?"

Tajana legte ihre Hand beruhigend auf Icaaras Schulter.

„Ja, denn Kaylon wird heute König von Midwinter."

Im Augenblick, indem diese Worte Tajanas Mund verließen, ertönten gewaltige Hornstöße, die durch die engen kargen Tunnel der Festung drangen und echoten. Ihr Hall schlug in die Ohren und verkündete Gefahr.

„Was ist das?"

„Kaylons geheimer Plan", grinste Tajana, „seine Armeen. Die Festung Midwinter wird angegriffen."

„Los. Jetzt ist der Moment gekommen zum Anaar zu gehen."

Die Gruppe verließ die Kammer, und Kaylon führte sie auf geheimen Gängen fort. Sie drangen über Wendeltreppen und enge Tunnel weiter in die Festung vor. Kaylon kannte diese Wege aus seiner Kindheit. Hier hatte er spielerisch die Geheimnisse der Festung kennen gelernt. Diese Gänge waren nur der Familie bekannt. Keine Wachen würden sie hier aufhalten.

„Ich dachte, die Festung Midwinter kann nicht von außen erobert werden?", flüsterte Inaa Icaara zu. Die Elfe mit den lockigen braunen Haaren zuckte die Schultern. Es war ohnehin nicht wichtig, ob die Festung fiel oder nicht. Nur das Anaar zählte.

Eine Wand glitt vor ihnen beiseite und die Gefährtinnen wurden von Kaylon in die Grabkammer der Midwinter geführt. Der Kronerbe wandte sich an Tajana: „Wir müssen den Sarkophag hier bewegen. Darunter ist eine Treppe."

Tajana und die anderen Elfen halfen ihm. Seine Atrîsh fragte, wer in dem Steinsarg gebettet war.

„Mein Vater", erwiderte Kaylon kurz angebunden bevor sie gemeinsam den nach kurzem Widerstand sanft gleitenden Sarg wegschoben. Kaylon bückte sich auf den Boden und presste einige Bodenplatten in bestimmter Reihenfolge. Eine Treppe nach unten wurde freigegeben. Nachdem sie den groben Stufen hinab folgten, drang allmählich flackernder Schein zu ihnen aus der Richtung, in die sie vordrangen. Sie löschten ihre Fackeln.

„Kaylon, ich spüre das Anaar nicht", sagte Tajana ein wenig zweifelnd. Kaylon zuckte die Schulter.

„Es ist hier", sagte er und wiederholte damit die sanft erklingenden Worte einer Frauenstimme in seinem Kopf.

Am Ende der Treppe erwartete sie ein kurzer vereister Felsengang, dahinter lag die Eisla. Das Flaggschiff des ersten Midwinter Königs, mit dem dieser seine Flotte bei dem Eroberungszug gegen die Tjaninseln angeführt hatte. König Rarlayn Midwinter hatte sein Schiff in Einzelteile zerlegen und hier wieder aufbauen lassen. Dies war die geheimste Kammer der Festung. Unter dem Sarg des jeweils letzten Herrscherrs lag der Zugang verborgen. Der Sarg Marwayn Midwinter würde bald an eine andere Stelle innerhalb der Krypta verlegt werden, wenn die nächste Königin gewaltsam abdanken musste.

Der Gang öffnete sich in eine Eishöhle. Eine gewaltige Eishöhle ohne anderen Ausgang. Die robusten Felswände des Ganges führten zu einer kleinen Plattform fünf Meter über dem Meeresspiegel. Dort unten im Wasser lag die Eisla, eingeengt von den Eiswänden der Höhle. Auf ewig gefangen.

Die Plattform war recht breit aber ragte nicht weit in die Höhle hinein. Fackeln säumten ihren Rand. Der Mailander der königlichen Ehrengarde trat in den Gang zu ihnen.

„Lord Midwinter, ich habe Euch erwartet."

Kaylon trat zu seinem entfernten Cousin und lächelte seicht.

„Ihr seid doch nicht die einzige Wache."

„Seid wann wird die Eisla denn bewacht?", fragte Tyrian ein wenig spöttisch. Kaylons Blick fiel auf die fünf Masten der Eisla, die man hier sehen konnte. Das Schiff selbst lag zu tief um es von ihrer Position ausmachen zu können.

„Wie man die Eisla hergebracht hat, ist mir bekannt. In Einzelteilen wurden sie durch den Gang geschleust und das Wissen an sie danach verloren. Nur als Familiengeheimnis bewahrt. Aber wie habt Ihr es geschafft das Anaar herzubringen?"

Tyrian Mailander wandte sich kurz und sah auf den gewaltigen Koloss, der weit über der Eisla in der Höhe der Höhle zu schweben schien.

„Anaar nennt Ihr es?"

Kaylon ging einige Schritte vorwärts und trat neben Tyrian.

„Ja", erwiderte er nur. Tyrian störte es nicht, dass der Erbe der Midwinter jetzt an seiner Seite stand.

„Die Mondweber haben die Ketten geschaffen, die es an der Decke befestigen. Mit eben diesen Ketten haben die Soldaten das Anaar ans Meer geschleppt. Die Elementformer Deiner Schwester haben das Meer, das nicht schon von Eis bedeckt war, für den Transport mit einer stabilen Frostschicht überzogen. Wir schleppten es zur Meerseite der Festung. Dann kamen die Blutmagier und verbündeten sich mit den Elementformern. Sie ermöglichten es uns, diesen Koloss einfach durch sämtliche Barrieren, Eis und Felsen hindurch zu schieben", seufzte Tyrian, „dann haben sie es mit Magie hier emporsteigen lassen und mit den Ketten dort befestigt."

Kaylon nickte: „So wie die Eisla als letzte Fluchtmöglichkeit der Midwinter die Höhle hätte verlassen sollen, hat meine Schwester das Anaar hergebracht."

Tyrian löste den Blick wieder vom Anaar und wandte sich zu Kaylon: „Der Königin lag viel daran."

„Und seitdem sind die Mondweber hier und widmen sich dem Anaar?", fragte Kaylon den Ehrengardisten.

„Ja, Lord Midwinter. Sie haben strikte Anweisungen von der Königin. Sie sind Tag und Nacht hier beschäftigt."

Tajana betrachtete den Mailander misstrauisch, trat jetzt aber vor und sah ebenfalls in die Höhle. Hier oben auf der Plattform standen zwei Mondweber, unten auf dem großen Flaggschiff mit den eingeholten Segeln sah sie weitere im Schein einiger angebrachter Lampen aus Kerzen.

„Du weisst was draußen geschieht?", fragte Kaylon seinen Cousin.

„Natürlich, Lord Midwinter", bemerkte der Mailander mit ruhiger müder Stimme, „Eure Armeen greifen an."

„Doch keine Armee konnte jemals die Festung erobern."

„Weil dies von außen nicht möglich ist", kommentierte der Mailander Kaylons Feststellung, „Aber der Erbe der Midwinter hat auch Verbündete innerhalb der Festung."

„Wir haben nicht vor, Maylin zu stürzen oder ihr etwas anzutun. Du kannst gehen und sie schützen. Wir haben hier nur eine Aufgabe zu erledigen", erklärte Kaylon.

„Ich weiss", sagte der Gardist und schaute ein letztes Mal

zu dem Anaar, „viel Glück, Kaylon."

Er wandte sich und ging an den verblüfften Elfen vorbei den Gang entlang zur Krypta.

„Hmm", ertönte es aus Aminars Richtung. Kaylon sah Tajana an, sie erwiderte den Blick: „Du weisst was zu tun ist, Kaylon."

Der Velaar und seine Atrîsh fassten sich an den Händen und betraten die Plattform. Die Mondweber waren tief in ihren Ritualen versunken, sie schienen die Ankömmlinge nicht zu bemerken. Vielleicht sahen sie sie aber auch nicht als Eindringlinge an, nachdem der Mailander den Ankömmlingen den Einlass gewährt hatte.

„Was tun die?", bat Inaa Aminar flüsternd um Auskunft, die ebenso leise antwortete: „Sie denken, sie ziehen Magie aus dem Anaar. In Wahrheit ist es die Kraft der Götter, die sie freisetzen. Und damit verändern sie die Welt."

Tajana trat zu einem der Mondweber in ihren blauen Sternenkutten mit den zahlreichen eingewebten Sternenformationen der Elmbundwelten. Sie zog ihren Dolch, packte den Mondweber in einer fließenden Bewegung am Nacken und schlitzte seine Kehle auf. Mit einem Tritt stieß sie den niedersackenden Leichnam die Plattform hinunter. Der Tote fiel ins Meer. Aminar schaute missmutig, aber hielt ihre Freundin nicht ab. Mondweber waren ein Greuel. Der andere Mondweber hielt nicht inne in seinen webenden Handbewegungen, die er vollführte, während er zu dem gigantischen Elmgestein sah. Tajana ging zu ihm.

Mit einer Handbewegung hielt Kaylon seine Atrîsh auf.

„Wohin weben sie es?", fragte er stirnrunzelnd, den Blick über all die Mondweber auf dem Schiff schweifen lassend.

Mondweber weben Magie aus Elmstein. Sie ziehen die Magie oder in Wahrheit die göttliche Kraft aus dem Mondgestein und weben sie in ein Ziel. Damit verzaubern sie Gegenstände wie das Schwert, welches dem Offizier geschenkt worden war. Er sah bei keinem der Mondweber einen Gegenstand liegen.

Tajana verstand seinen Einwand und wandte sich an Aminar, welche die Frage ebenfalls gehört hatte. Kaylon gab Icaara und Inaa Anweisung den Gang zu sichern. Er wollte keine unliebsamen Störungen. Aminar kniete auf der kalten Plattform nieder, hielt ihre Hand auf den Blutfleck, dort wo Tajana den ersten Mondweber gemeuchelt hatte und ein rötlicher Schein breitete sich von ihr aus. Erst sehr langsam, dann immer schneller. Innerhalb von Sekunden war das Rot wie eine Welle durch die ganze Höhle geglitten. Danach war es verschwunden, aber es hatte blaue Fäden in der Luft hinterlassen.

Die Fäden gingen von den Händen der Mondweber aus. Es waren die Webfaden der besonderen Magie. Sie schwebten in der Luft, zitterten leicht und waren von Krümmungen geprägt, stetig leicht in der Luft tänzelnd wie ein Faden der im Wind weht. Vom jedem Weber ging ein Faden aus, der wie ein echter Webfaden nicht gradlinig verlief, sondern ein Stück seitwärts ging, sich dann ein winziges Stück von dem Weber fort bewegte um die Richtung wieder zu wechseln. Hin und her. Jede Bewegung liess den Faden ein wenig weiter führen. Diese Form der Magie war mühsam und zeitintensiv.

Sie alle sahen, wohin die Fäden führten. Der Faden des Mondwebers auf der Plattform glitt von ihm hinweg in die Höhle, dann hinunter und zum Schiff. Die Fäden der

Mondweber vom Schiffsdeck glitten hinunter in die Planken des Schiffes. Alle Webmacht sammelte sich im Schiff.

„Sie verzaubern die Eisla", murmelte Kaylon. Tajana schlitzte den zweiten Mondweber auf. Es gab nichts, was sie in ihrer gnadenlosen Wut aufzuhalten vermochte.

„Gehen wir", sagte sie lapidar, während die Leiche ihren Weg ins Wasser der Grotte folgte.

AN BORD DER EISLA

Ein Mondweber ist gefangen in seinem Ritual. Sie waren konzentriert auf das Weben. Denn ein Webfehler kann den Tod eines Mondwebers bedeuten. Die fehlende Aufmerksamkeit der Umgebung gegenüber war jetzt aber ebenso tödlich. Tajana ließ ihren Blutrausch an jedem der bis auf die Hände reglos stehenden Mondweber aus, dem sie auf ihrem Weg in die Mitte des Decks im Weg begegnete.

„Du musst es berühren", wies Aminar Kaylon an. Doch der Erbe der Midwinter wusste, was zu tun war. Dort oben, weit über ihren Köpfen schwebte das Elmgestein. Das Stück Mond war mit glitzernden Ketten an die Decke der Eishöhle befestigt und befand sich über dem Hauptmast der Eisla.

Tajana kam zu Kaylon und die blutbespritzte Elfe umarmte ihren Velaar und küsste ihn. Er lächelte sie an.

„Viel Spass mit dem Anaar. Ich sehe Dich danach wieder."

„Solange die Fesseln halten", grinste Kaylon seine Atrîsh an und beide verstanden den privaten Scherz. Kaylon schaffte es dank seiner magischen Rüstung, die besonders leicht und beweglich war, am Mast emporzuklettern. Dort oben am Hauptmast war auch der Ausguck. Kaylon kletterte hinein und wusste das Mondgestein über sich schweben.

Der Erbe der Midwinter sah unter sich Tajana und Aminar auf dem Deck Posten einnehmen. Aminar blieb in Tajanas Nähe, um sie im Notfall schützen zu können. Icaara war mit Inaa auf der Plattform postiert, sie blickten in den Gang. Es schien keine Gefahr zu drohen.

Sanft sprach ihn die dunkle Frauenstimme an, die so oft seinen Kopf besuchte: „Du weisst, was passieren wird, wenn

Du das Mondgestein berührst."

„Das was immer geschieht", dachte Kaylon und stellte sich vor, wie ein Blitz vom Himmel auf ihn einschlug.

„Du wirst für einen Moment eins werden mit dem Stein, mit dem Anaar. Mit uns. Mit mir", klang es freundlich.

„Unsere Macht wird über Dich abfliessen. Du wirst unser Reich erblicken, mehr als ein Sterblicher jemals aushält zu betrachten. Zu spüren. Zu vernehmen."

„Doch ich bin ein Wächter", bemerkte Kaylon ruhig.

„Ja, Du bist Teil eines Wächters. Du kannst unsere göttliche Kraft bündeln und ertragen, dank Deiner Atrîsh. Sie wird es für Dich erdulden."

„Ja", flüsterte Kaylon.

„Das Schwierige ist, zu ertragen, dass sie dies erleiden muss", sprach die Stimme voller Trauer. Kaylon spürte den Stich in seinem Herz.

„Sie ist verantwortlich dafür, dass Eure Flucht all die Jahre niemals gelang", konterte der Erbe der Midwinter.

Ein helles freundliches Lachen erklang: „Ich hege keinen Groll, Kaylon. Ich bin Deine Göttin."

„Wir sind Deine Götter", erklang ein Chor von unterschiedlichsten Stimmen, die rasch wieder verstummten, als die dunkle Frauenstimme weitersprach.

„Du weißt, was wir am Portal für Dich taten."

„Ihr habt mich nicht sterben lassen", bemerkte Kaylon.

„Wir schenkten Dir Leben", betonte die Frauenstimme.

„Was wollt Ihr von mir?", fragte Kaylon.

„Wir wollen", begann der Chor der Stimmen, doch einzig die dunkle Frauenstimme schloss den Satz: „Nichts."

Nach zwei Sekunden der Ruhe sprach sie weiter: „Aber wir werden Dir helfen, denn das ist die Aufgabe der Götter. Wir stehen für das Zeitalter der Wünsche, und Du wirst es einleiten."

„Die Mondweber befreien Euch", sagte Kaylon.

„So wird es Urzeiten dauern", erläuterte die Göttin.

„Ich befreie Euch nicht. Ich lasse Eure Kraft abfliessen, zurück ins Anaar, und wir zerstören das Mondgestein."

„Das ist Euer Plan", stellte die dunkle Stimme der Göttin fest.

„Ja", bestätigte Kaylon. Doch die Göttin hatte keine Frage gestellt. Kaylon streckte eine Hand nach oben Richtung Elmstein, dann hielt er für einen Augenblick inne.

„Wie ist Dein Name?", fragte er die Göttin. Er vernahm etwas, dass einem Kichern sehr ähnlich klang, bevor die Stimme antwortete: „Ich habe viele Namen, wie wir alle. Namen in unterschiedlichen Sprachen, genutzt von verschiedenen Rassen und Völkern auf zahlreichen Welten. Aber einer meiner Namen ist Eisla."

Kaylon hielt den Atem an: „Wie unser Flaggschiff?"

„Dein Ahn liebte meinen Namen."

Kaylon berührte das Mondgestein und wurde eins mit dem Anaar. Der Orkus des Schattenreiches nahm ihn auf, und der Schmerz war überall. Doch dann ging dieser brennende Wille des Anaar, die Wut und der angestaute Hass der Götter weiter und floss von Kaylon ab. Der Velaar wusste, wohin der Schmerz ging und wer ihn jetzt ertrug. Seine geliebte Atrîsh. Seine Tajana. Er ließ das Gestein nicht los.

Dies war die Macht der Schöpfung. Die Kraft der Götter. Aber sie hatten keine Kontrolle über ihn. Das, was seit so langer Zeit, seit dem Tag, an dem die Götter gefangen und verbannt worden waren, funktionierte, tat auch heute seine Pflicht. Die Sha'anaar, die Wächter des Anaar, eine Atrîsh mit ihrem Velaai ertrugen die göttliche Energie und verzagten nicht. Sie taten, was die Elfen seit ihrem Sieg der Freiheit getan hatten.

Da vernahm Kaylon erneut eine Frauenstimme in seinem Kopf. Aber es war nicht die dunkle göttliche Stimme. Es war eine andere: „Bruderherz, endlich. Ich dachte, ich muss die ganze Nacht warten."

„Maylin", dachte Kaylon erschrocken.

„Natürlich. Entspann Dich jetzt", teilte ihm die Königin mit. Dann kam das Schlimmste. Der Schmerz floss nicht ab, sondern durch ihn hindurch, mit seiner puren vollen Kraft. Der Strom der Pein ging nicht von Velaai zur Atrîsh, er ging von Bruder zu Schwester. Denn die Zwillinge der Midwinter verband ein Pakt. Eine innerhalb der Familie der Midwinter bekannte Legende besagte, dass jeder ältere Zwilling auf die dem anderen obliegende Kraft zugreifen kann. Kaylon hatte dies bereits einmal spüren müssen, damals bei seiner ersten Ankunft am Strand vor der Festung des Rings der Sha'anaar. Seine Schwester hatte die Mutter getötet und in diesem Moment ihm die Kraft geraubt um den Akt zu vollziehen. Es war ein alter Pakt, der auf allen Zwillingen der königlichen Familie der Midwinter lastete. Und Zwillinge hatte es wahrlich oft in ihrer Familie gegeben.

Kaylon hörte Maylins Schrei. Erst in seinem Kopf dann auch mit den Ohren. Sie schrie wie nie zuvor in ihrem Leben. Sie schrie, wie kein Mensch dies jemals tat, der nicht den Hass der Götter auf sich nahm. Und ihre Kraft. Dann war es, als würden die Kräfte in verschiedene Seiten ausschwenken, bis sie nach einiger Zeit in Balance waren. Der Schmerz floss und die Kraft floss. Zu unterschiedlichen Zielen.

ZWILLINGE DER MIDWINTER

Kaylon selbst konnte sich nicht kontrollieren. Er konnte nicht sehen. Er war im Dunklen, gefangen im Anaar, das über ihn einströmte. Dennoch kletterte er am Mast hinunter auf das Deck der Eisla. Hier fand er seine Schwester bei seinen Gefährtinnen.

„Wir grüßen Dich, Kaylon Midwinter", hörte er seine Schwester sagen, während sein Bewusstsein langsam zurückkehrte und seine Augen sich klärten. Seine Schwester stand mitten auf dem Deck der Eisla, einige Mondweber lagen in ihren Blutlachen, andere lebten. Diese hatten ihr Ritual beendet und sahen zu ihrer Königin, die mit eiserner Krone die Lage beherrschte.

Tajana lag gekrümmt am Boden, sie litt noch unter den Nachwirkungen der Pein des Anaar. Aminar stand schützend vor ihr, Maylin Midwinter zugewandt. Kaylon konnte überdies ein paar Mitglieder der königlichen Leibwache sehen, die auf einen Befehl warteten. Aber keine Ehrengardisten.

Kaylon atmete schwer.

„Der Bruder hat seinen Dienst getan", sprach Maylin.

Aminar schrie erbost: „Ihr werdet das nicht tun!"

Kaylons Blick wanderte zwischen Maylin und Aminar hin und her. Seine Augen waren ein wenig getrübt.

„Tochter der Inarion, Du hast keine Macht über uns!", sagte Maylin zu Aminar.

„Stellt Euch gegen meine Gefährtin, wenn Ihr meine Macht erforschen wollt", warf Aminar Maylin mit aggressivem Ton entgegen.

„Tochter?", fragte Kaylon.

Maylin Midwinter lächelte ihren Bruder an.

„Hat Sie selbst ihre Gefährten getäuscht? Tochter der Schwindlerin, Brut aus unserer Mitte."

Doch Kaylon hatte nicht seine Schwester gefragt.

Maylin sprach weiter: „Inarion, willst Du nicht mit Deiner Tochter reden."

Es klang als würde sie den letzten Satz zu sich selbst sprechen und auf eine Antwort warten.

Kaylon hatte nicht gefragt. Die Frage „Tochter?" war eine Aufforderung einer Mutter an ihr Kind gewesen.

„Inarion?", fragte Maylin erneut sich selbst.

„Ja, Mutter", antwortete Aminar Kaylon.

Maylin blickte erschreckt, als sie den wissenden Blick in Kaylons Augen sah. Die Zwillinge erblickten sich. Aber sie sahen nicht Maylin oder Kaylon. Sie blickten aus Augen die im Augenblick nicht Maylin oder Kaylon gehörten.

Kaylon war, als würde er aus einem Traum erwachen. Maylin Midwinter schaute ihm in die Augen.

„Kaylon?"

„Ja, Schwester", sprach er mit der Stimme, die wieder ihm gehörte.

„Du hast Deine Aufgabe erfüllt. Ich benötige Dich nicht mehr."

Kaylon nickte leicht. Die Geschwister waren wieder unter sich.

„Du wusstest, das wir kommen. Hier zur Eisla, in dieser Nacht", meinte er zu seiner Schwester.

„Natürlich Bruderherz. Ich hatte es geplant, seitdem ich das Mondgestein hierher bringen ließ. Ich weiß, was der Ring der Sha'anaar tut. Es war allzu einfach, Euch zu benutzen um meine Pläne mit dem Elmstein durchzuführen. Ohne Euch hätte ich seine Kraft nicht erlangen können."

„Die Zwillingslegende."

„Ja. Die Wächter des Anaar, die Sha'anaar, so wie Du ein Teil von einem bist, sie lassen die Kraft des Anaar abfliessen und ertragen den Schmerz. Ich wollte nur die Kraft, der Schmerz hätte mich getötet. Ihr, Du und Deine Elfenherrin, wart die perfekte Kombination. Kein einfacher Wächter, sondern ein Wächter auf den der Elmbund Urzeiten gewartet hat. Ein Wächter mit einem Midwinterzwilling. Denn ich als älterer Zwilling konnte die Kraft des Anaar, die bei der Berührung durch Dich floss aufnehmen. Ihr Wächter habt den Schmerz gefiltert, ich habe die Kraft erlangt."

„Weisst Du überhaupt, was Du da getan hast?", fragte Kaylon ruhig.

„Besser als jeder von Euch. Sie reden schon seit langer Zeit mit mir."

Kaylon wusste, dass seine Schwester von den selben Stimmen sprach, die auch ihn kontaktierten.

„Und Du traust ihnen?"

„Ach, Kaylon, halte mich nicht für naiv. Seit wann traue ich jemandem?"

„Maylin, ich habe in das Anaar geblickt. Ich weiss, was dort liegt. Und was es für die Welt bedeutet, wenn es geöffnet wird."

„Was es im Einzelnen bedeutet, kann Dir sicher Deine dunkelhaarige Elfe da berichten", sie deutete auf Aminar, die weiterhin unbewegt stand, aber deutlich angespannt war.

„Immerhin gibt es sicher ohnehin einiges von ihr zu berichten. Geheimnisse zu offenbaren. Lügen zu erläutern", bemerkte Maylin lächelnd. Dann sprach sie weiter: „Kaylon, ich sagte, ich benötige Dich nicht mehr. Besser Ihr geht, und Du siehst nach Deinen Armeen."

Unterschwellig war die Drohung zu vernehmen, was ihrem Bruder drohte, der keinen Nutzen mehr für sie darstellte, wenn er nicht ging.

Kaylon trat zu Tajana und wuchtete seine Liebe empor. Sie legte ihre Arme um seinen Hals und zitterte am ganzen Leib. Er sah Aminar fest in die Augen und diese nickte. Kaylon wusste, dass sie bereit war, ihre Macht zu entfesseln. Die Macht einer Blutmagierin. Und mehr. Aber sie war wie immer beherrscht und folgte Kaylon.

Inaa sah noch immer in den Gang, ob von außen Gefahr drohte. Icaara jedoch hatte ihren Platz verlassen und von der Plattform hinunter gesehen. Maylin war wohl nicht von dort oben gekommen. Aber für Kaylon stellte sich die Frage nicht, wo sie sich aufgehalten hatte. Es war ihm nun deutlich bewusst. Er musste nur daran denken, wohin die Fäden der Mondweber gezeigt hatten.

Er zwang die trainierte und extrem starke Elfe mit einem Blick dazu, ihre Position nicht zu verlassen, und Icaara hielt sich daran. Es lag ihr nicht, lediglich zuzusehen. Aber sie hatte zu viel Sorge um Tajana um ihre Selbstbeherrschung zu verlieren.

Icaara wollte Tajana in ihre Arme nehmen, aber Kaylon ließ dies nicht zu. Er selbst trug Tajana durch den geheimen Gang. Tyrian Mailander erwartete sie am Ende des Ganges.

„Habt Ihr gefunden, was Ihr gesucht habt, Lord Midwinter?", fragte der Mailander.

Kaylon sah ihn nur schweigend an. Aminar antwortete leise: „Bei jeder Suche ist der Weg das anzustreben Ziel."

Der Mailander lächelte und bemerkte: „Dort draussen tobt

ein Krieg, Lord Midwinter. Allerdings sind Eure Armeen verwirrt ohne Euch an ihrer Seite. Wer weiss, wie lange Eure besondere Art der Kontrolle noch funktioniert."

In diesem Moment blieb Kaylon, der bereits an Tyrian vorbeigeschritten war, stehen und drehte sich halb um, Tajana dabei an sich pressend: „Wem gehört Deine Treue, Mailander?"

„Der Krone aus Eis, Lord Midwinter", lächelte der Mailander. Kaylon nickte und die Elfen gingen weiter. Icaara lief rückwärts hinter der Gruppe her, den Ehrengardisten der Krone beobachtend. Er erwiderte den Blick der stolzen Elfe stumm.

„Viel Glück, Kaylon", rief er dem Erben der Midwinter hinterher, als dieser am Ende der Treppe verschwand.

DIE NEUE WELT

In der Krypta legten sie eine kurze Rast ein. Icaara und Inaa begannen Tajana zu heilen. Sie konnten die Nachwirkungen des Anaar nicht restlos von ihr nehmen, aber ihr Leid lindern.

„Du weisst, was Deine Schwester meinte?", fragte Aminar den Kronerben, nachdem sie zu ihm getreten war.

„Ja. Wissen die anderen es?", Kaylon deutete mit einem Blick zu den anderen Elfen.

„Ich habe niemals ein Geheimnis vor dem Ring der Sha'anaar."

Sie öffnete ihre Robe und entblösste ihren linken Arm vor Kaylon. Sie trug dieselbe Tätowierung wie Tajana am Oberarm knapp unterhalb der Schulter. In dem Ring aus schwarzen und roten Symbolen waren bei Tajana wenige Lücken. Bei Aminar fehlte keine.

„Sieh wie häufig ich gegen die Götter selbst gekämpft habe. Ich habe immer zum Ring der Sha'anaar gestanden."

„Ja, Aminar. Ich weiss."

Die Blutmagierin schloss ihre Robe wieder.

„Und ich weiss ebenso, dass Du es tatest um auf den heutigen Tag hinzuarbeiten."

Misstrauisch blickte Aminar auf den Midwinter.

„Wie viele Jahrhunderte warst Du neben Deinen Aufgaben im Ring der Sha'anaar als Spionin hier in Midwinter? Wie oft hast Du unter den Midwintern gedient um unsere Familie zu beobachten? Wie lange hast Du auf die wahren Zwillinge gewartet?"

Aminars Finger zuckten. Kaylon legte beschwichtigend

seine Hand auf die ihre.

„Kein Grund zur Besorgnis. Wir haben alle ein gemeinsames Ziel. Ich kenne nun Deines."

Die ernsteste und reifste unter seinen Gefährtinnen blickte Kaylon aufmerksam an. Sie spürte die Berührung seiner Hand und den Blick seiner Augen. Die Blutmagierin kniete vor Kaylon Midwinter nieder und senkte den Kopf dabei bis zum Boden.

„Majestät", flüsterte sie ehrfürchtig. Kaylon zog sie rasch wieder hoch.

„Entspann Dich, Aminar. Ich bin immer noch Kaylon Midwinter."

Tajana erhob sich in diesem Moment mit Icaaras Hilfe, und sie schwankte auf Kaylon zu. Sie war noch nicht annähernd im Vollbesitz ihrer Kräfte. Aber sie versuchte zu lächeln. Er nahm sie in seine Arme und hielt sie fest.

„Kaylon, das Anaar ..."

„Wir haben gesiegt, Tajana", flüsterte Kaylon sanft in ihr Ohr.

„Aber Deine Schwester ...", wollte Tajana fragen. Kaylon strich ihr sanft über das Haar.

„Sie wird erhalten, was Ihr gebührt", sprach Kaylon.

„Kaylon, ist dies die Zeit der Götter?", fragte Tajana ihn, und zum ersten Mal sah er sie ängstlich.

Er presste sie gegen seinen Körper.

„Die Sterblichen haben sich befreit um ihre eigenen Götter zu sein. Die Elfen sind Götter, die Menschen sind Götter. Selbst die Zwerge sind Götter, wenngleich sie auch nicht zum Himmel aufragen. Natürlich ist dies die Zeit der Götter. Dies ist unsere Zeit."

Sie schmiegte sich an den Velaai.

„Und jetzt holen wir die Krone aus Eis, Tajana", erklärte Kaylon leise.

„Du sagtest, Du willst keine Krone", protestierte die wunderschöne Elfe in seinen Armen.

„Das hat sich auch nicht geändert."

Er küsste seine geliebte Atrîsh. Dann machten sich die Elfen kampfbereit, auch Tajana bestand darauf, ihr Schwert zu zücken. Kaylon öffnete die Tür der Krypta.

Die Ara'chid trat aus den Schatten in der Halle vor der Krypta und fiel vor dem Midwinter auf die Knie.

„Lord Midwinter, zu Euren Diensten."

Kaylon sah sich rasch in der Halle um, die leer erschien. Aber in der Ferne sah er einige reglose Körper in der Dunkelheit liegen.

„Ihr Ara'chid hattet Erfolg? Ich hörte die Hornstöße."

„Wir Ara'chid haben die Befehle des Lord Midwinter befolgt. Der Todesorden hat die Steine gelegt und die Nachrichten überbracht. Sie vollzogen das Urteil oder kehrten mit Euren Armeen zurück. Die überwachten Soldaten hier öffneten die Tore wie auf Euer Geheiß."

Kaylon deutete der Ara'chid an aufzustehen. Sie und ihr Todesorden hatten seine Befehle ausgeführt. Diese Ara'chid war mit in die Festung gehuscht und hatte von den alten Veteranen, die noch Marwayn Midwinter treu gewesen waren, die Loyalität zu Kaylon eingefordert. Der Rest ihres Ordens war bereits vor Kaylons Reise ins Fyarnland in alle nahen Teile Midwinters aufgebrochen um die Anführer der Midwinter Armeen zu besuchen. Es gab nur eine Nachricht, die sie alle überbracht hatten. Und ein anschliessendes Urteil, wenn die Anweisungen in den Nachrichten nicht ausgeführt wurden. Kaylon hatte viel riskiert. Aber die

Ara'chid und die Angst vor ihren Taten hatten die Soldaten nach Midwinter gebracht. Unter der Führung der Kommandanten, die den Ruf des Lord Midwinter, den Ruf der Ara'chid, befolgt hatten, waren die Soldaten aufgebrochen und zur Feste Midwinter marschiert.

Es war nicht so schwer gewesen, sie zu überzeugen. Er hatte nicht verlangt, dass sie gegen den Thron marschierten. Kaylon hatte es seiner schlangenzüngigen Schwester gleichgetan und geschicktere Worte sprechen lassen. Er hatte die Kommandanten mit ihren Truppen unter Androhung des Steins und somit des Todes den Befehl erteilt, ins Fyarnland zu ziehen um die Feste zu schützen und die Krone. Einem solchen Ruf oblag kein Verrat und die Kommandanten erahnten teils, dass dem Ruf mehr inne lag. Aber sie gehorchten. Beinahe niemanden auf Midwinter konnte man zum Verrat an der Krone bewegen, aber einen Ruf zum Schutze der Krone zu missachten, würden sich ebenso wenige trauen.

Seine persönliche Ara'chid hatte die ihm treuen Veteranen innerhalb der Feste angewiesen, die Tore für die eintreffenden Armeen zu öffnen und die Hornstöße als Signal der Gefahr erklingen zu lassen, wenn die kommenden Armeen in Sichtweise kamen.

Unzählige Truppen in der Feste und vor der Feste, die alle bloss dachten der Krone zu dienen, waren von den Hornstößen alarmiert. Kampfbereite Truppen, die überall Gefahr sahen, von Kommandanten geleitet, die der Bedrohung eines Ara'chid ausgesetzt waren, waren nichts anderes als ein Pulverfass, das auf einen beliebigen Funken wartete. Jeder Truppenteil sah in jedem anderen die mögliche Gefahr für die Krone, die erwartet wurde. Und was man erwartet muss nicht einmal eintreten. Kaylon hatte die Feste selbst, sowie die Armee der Midwinter mit psychologischer Kriegsführung in Aufruhr gebracht.

Ein Teil der Ara'chid hatten nach der Erfüllung ihrer Aufgaben die Halle vor der Krypta geschützt. Niemand sollte hier hinein, zumindest nicht, solange es die Ara'chid zu verhindern wussten. Sie waren keine Krieger, aber sie konnten in den Schatten zwischen den Säulen der Halle agieren. Kaylon hatte sich um einen gesicherten Rückzug bemüht, als es noch um das Anaar gegangen war. Jetzt musste er improvisieren, andernfalls würde sich das Pulverfass bald auflösen. Und als Feinde Maylins würde es schwer werden, an all den Soldaten, die der Krone treu waren, vorbei in die Freiheit zu gelangen.

„Ara'chid, wo sind die Elfen?"

„Lord Midwinter, das neue Elfenschild sowie die Kohorten der Vi'landor Familie warten dort, wo sie untergebracht wurden, in den Höhlen der Kasernenstadt. Sie werden von königlichen Soldaten bewacht. Die Zahl der Soldaten wurde seit den Hornstößen verdoppelt und Syre Rivella Karn sowie Syress Jalia sind ebenfalls dort."

Jalia aus der Elfenfamilie Vi'ananc. Sie durfte diesen Namen allerdings nicht mehr tragen, seitdem sie von den Elfen verstoßen worden war. Eine Elfe und ein Mensch aus der königlichen Ehrengarde bewachten also alle Elfenkrieger, die als Gast die Festung betreten hatten.

„Wie ist die Lage vor der Feste?"

„Die Truppen formieren sich. Als die Hornstöße erklangen, waren sie in Sichtweite der Späher. Es ist noch Zeit. Drei der königlichen Gardisten sind momentan bei den Pforten postiert."

Tyrian Mailander war bei seiner Schwester Maylin. Kaylon hatte einen starken Verdacht, wo er die verbleibenden Ehrengardisten finden würde. Tajana ging an ihnen vorbei, der Blick der Ara'chid lag auf der geschwächten Atrîsh.

„Wohin gehen wir Kaylon? Die Truppen werden uns nicht passieren lassen, nicht wahr?", fragte sie müde klingend.

„Sie sind der Krone treu, Tajana", sagte Kaylon und schritt zu ihr.

„Es könnte nicht schlimmer sein", murmelte sie. Danach drehte sie sich zu Aminar: „Der Sternenjuwel?"

Aminar schüttelte den Kopf beim Gedanken an das Juwel, das sie aus dem Feld der Tränen des Zwergenstammes von Yorn beim ersten Einsatz Kaylons als Wächter gerettet hatte. Es bestand aus zwei Teilen, und Aminar konnte es nutzen um sich und ihre Gefährten zu dem jeweils anderen Part magisch transportieren zu lassen.

„Noch nicht, Tajana."

Kaylon schritt vorwärts, und Tajana war an seiner Seite. Die Ara'chid huschte wieder in die Schatten.

„Wir haben es nicht geschafft, Aminar, oder?", fragte Icaara leise, und Inaa hörte aufmerksam zu. Aminar sah wie Kaylon davon ging.

„Das ist schwierig zu sagen, Icaara. Auf der einen Seite haben wir vielleicht viel erreicht. Auf jeden Fall hat sich die Welt verändert."

Jetzt war Icaara verwirrter als zuvor, aber nun wurde nicht mehr geredet. Sie alle folgten Tajana und Kaylon.

EHRENGARDE DER KRONE

Die Gänge wurden leerer, je näher sie Kaylons Ziel kamen. Die meisten Soldaten waren nach den Hornstößen am Tor postiert. Schließlich erreichten sie die Halle vor dem Thronsaal. Die ersten königlichen Wachen standen hier. Kaylon grüßte sie und schritt weiter. Sie blickten starr. Als sich die Gruppe auf einige Meter vor die Thronsaaltore genähert hatte, erhob sich eine Stimme und ließ die Gruppe anhalten. Ein Ehrengardist war hinter einer Säule hervorgetreten und stand jetzt hinter den Gefährten. Kaylon erkannte den Gardisten an der Stimme: „Lord Midwinter, wohin des Weges?"

„Daphne Iwanoe", bemerkte Kaylon ohne sich umzudrehen.

„Ja, Lord Midwinter. Ich würde sagen zu Euren Diensten, aber leider bin ich bereits im Dienst", sagte die Menschenfrau spöttisch.

„Das ist ein gutes Zeichen", erwiderte Kaylon und drehte sich nicht um. Man hörte jetzt ein wenig Unsicherheit aus der Stimme der Gardistin: „Warum ist das ein gutes Zeichen?"

„Ihr seid im Dienst und hier. Das bedeutet, dass wonach ich suche, kann nicht fern sein."

Es war die Stille vor dem Sturm. Eine tiefe, eindringliche Stille. Doch Daphne Iwanoe war eine königliche Ehrengardistin. Somit agierte sie stets genau zum richtigen Zeitpunkt und nie zu früh.

„Sucht Ihr die Königin, Lord Midwinter?", fragte sie stattdessen, aber der Spott war aus der Stimme gewichen.

„Seid Ihr hier um sie zu bewachen?", stellte Kaylon seine Gegenfrage. Die Situation wurde angespannt. Icaara begann leise zu pfeifen und schritt ein wenig im Kreis.

„Ich denke es ist besser, Lord Midwinter, wenn Ihr in Euren Gemächern auf Eure Schwester, Königin Maylin, wartet."

„Auf sie persönlich oder auf eine Audienz?"

„Das entscheidet die Königin, Lord Midwinter", sagte Daphne Iwanoe.

Tajana hatte sich umgedreht und betrachtete die Gardistin. Diese trug eine Stangewaffe mit Speerenden an beiden Seiten und einen sichelförmigen Dolch. Einige Federn verzierten den sonst schmucklosen Stab. Tajana lächelte die Gardistin breit an. Gute Waffen waren schmucklos. Denn sie waren für den echten Kampf gedacht.

„Wir haben keine Zeit zu verlieren", sprach Kaylon, und die Worte waren nicht nur an Daphne gerichtet. Die Soldaten am Tor waren merklich angespannt. Nicht nervös. Sonst wären sie nicht die richtigen gewesen um die Tür zum Thronsaal zu bewachen. Icaara kam ihnen bei ihrem gelangweilten Hin- und Herlaufen näher.

„Geht in Eure Gemächer, Lord Midwinter."

Kaylon zog sein Schwert. Das mächtige Langschwert lag leicht in seiner Hand.

„Lord Midwinter, es ist nicht erlaubt in diesem Bereich eine Waffe zu ziehen."

„Mit Ausnahme der Ehrengarde und der Leibwache, nicht wahr? Warum zieht Ihr Eure nicht?", fragte Kaylon nun spöttisch, die Gardistin immer noch in seinem Rücken wissend.

Er wusste, dass die Ehrengardistin sich in einem Dilemma

befand. Sie konnte nicht einfach den Erben der Midwinter angreifen und riskieren, ihn zu töten. Vor allem nicht den einzigen Erben, nachdem Maylin kein Kind hatte. Er kannte die Kräfte der Ehrengardisten. Nur eine Stangenwaffe zu schwingen hätte sie nicht qualifiziert, in die Ehrengarde aufgenommen zu werden.

„Lord Kaylon Midwinter, steckt Eure Waffe zurück und begebt Euch auf Anordnung ihrer Königin Maylin Midwinter in Eure Gemächer", forderte sie laut und mit Nachdruck.

Kaylon seufzte. Im selben Moment schlitzte Icaara eine der Torwachen auf, Tajana sprang los und Aminar breitete ihre Arme aus. Eine weitere Wache attackierte Kaylon, aber Inaa ließ diese stolpern und begann anstelle des Midwinters den Kampf. Kaylon lief rückwärts. Er hörte Tajana kreischen.

Trotz der Eile hatte der Erbe der Midwinter die Gardistin reden lassen. Er wollte ihre Stimme hören. Denn er musste einschätzen können, wo sie stand. Daphne Iwanoe war das Schutzschild der zehn Gardisten. Sie stand immer in erster Front mit direktem Blick auf Feindestruppen. Sie konnte auf jeden, der ihr Schmerzen zufügen wollte, diese mit ihren Augen zurückwerfen. Daphne Iwanoe wurde auch als Spiegelkriegerin bezeichnet. Der Midwinter würde sie nicht ansehen.

Tajana hatte den Kampf bereits aufgenommen und band die Spiegelkriegerin damit an sich. Daphne reflektierte jeden Schlag und Tajana verletzte sich selbst, aber die Schmerzen ihres eigenen Schwertes waren nichts im Vergleich zu den Qualen des Anaar. Tajana war bereits im Vorfeld stark angeschlagen, aber dies konnte sie ertragen. Sie erinnerte sich an alles, was ihr Kaylon an diesem Abend über die

Ehrengardisten berichtet hatte. Aminar sammelte noch Energie. Würde sie diese zu früh freisetzen, wäre jeder verloren, zu dem Daphne Blickkontakt aufnehmen konnte. Auch wenn derjenige nicht sie direkt ansah, solange nur ihre Augen seine sehen konnten, würde Daphnes Begabung wirken.

Die Spiegelkriegerin war das Schutzschild der Gardisten. Ihre Kraft machte besonders Sinn, wenn mindestens ein weiterer Gardist dort war.

Kaylon spürte die Hitze. Der Elementformer Timothan kam ihm in den Sinn. Der Sohn des Than der Welt Tanissa war ein herausragender Elementmagier, und Kaylons Mutter hatte ihn bereits zur Zeit von Marwayn Midwinter in die Garde aufgenommen. Der Than war nicht glücklich darüber gewesen. Aber Timothan wollte nicht Herrscher eines kleinen Landstriches werden, er hatte die Gier des Feuers verspürt. Und Kaylons Mutter sowie seine Schwester halfen ihm, seine Kräfte zu verstärken und einzusetzen.

Der Sohn von Marwayn Midwinter konzentrierte sich, und die Hitze kam zu ihm. Er wusste, dass er nur wenige Sekunden benötigen würde, vielleicht zwei, nicht mehr. Aber Feuer konnte sehr schnell sein. Alturien musste dies erfahren, als die zehn Gardisten die Stadt damals in Schutt in Asche legten, als Mahnmal dafür, dem König Respekt zu zollen.

Icaara schlachtete die nächste Torwache ab. Die zehn Soldaten, keine Gardisten, die direkt am Tor Wache gehalten hatten, teilten sich jetzt auf Icaara und Inaa auf. Sie hatten zu viel Respekt, einen Lord Midwinter anzugreifen ohne den direkten Befehl der Königin, und sie wussten, dass es gesünder war, die Blutmagierin den Gardisten zu überlassen.

Um die benötigten Sekunden zu ergattern, brüllte Kaylon nur ein Wort: „Ara'chid!"

Die Hitze raste an ihm vorbei. Er schwang sein Schwert, wissend, nur einen Schlag zu haben, dabei Tajanas Namen schreiend. Diese verstand und legte alles darauf an, die eher schlechte Verteidigung Daphne Iwanoes zu brechen und sich direkt im Anschluss fallen zu lassen. Die Verteidigung einer Kriegerin, die keine Schmerzen fürchten musste, konnte sehr schlecht sein.

Der Erbe der Midwinter hätte selbst gegen die Spiegelkriegerin kämpfen können, Tajana hätte durch ihren Bund die Schmerzen erlitten. Aber er wollte einen Angriff der nicht gespiegelt wurde.

Kaylons Schwert schlug hart in Daphnes unzureichende Rüstung, als er sie unreflektiert traf. Daphne Iwanoe sackte im gleichen Augenblick zu Boden, in dem Aminar ihre Macht freisetzte. Die Kraft der Blutmagierin schlug um sich. Die einfachen Soldaten, die sich in der Halle befanden, hatten schon bei Timothans Feuerspruch hinter den Säulen Schutz gesucht. Timothan hatte die Ara'chid abgewimmelt, die ihn mit ihrem abrupten Angriff aus dem Schatten bei seiner Elementmagie gestört hatte. Die Ara'chid hatte sich auf keinen Kampf eingelassen, sondern war zurück gesprungen. Seine Schutzmagie hatte verhindert, dass ihm ihre vergifteten Nadeln Schaden zugefügt hatten. Aber die Macht der Blutmagierin war effektiver. Sie prallte auf ihn ein.

Syre Timothan wandte seine Kräfte dagegen und suchte die Blutmagie von sich zu werfen. Kaylon griff nach Tajana und half ihr empor. Die beiden liefen zu Icaara und Inaa, welche die Torwachen beinahe ausgeschaltet hatten, und öffneten den Eingang in den Thronsaal. Aminar würde allein klarkommen. Lediglich einige dutzend Soldaten, reine Krieger und der Syre Timothan waren übrig. Kein Hindernis für eine Blutmagierin und Druidin in einer Person. Und etwas anderes, weit mächtigeres. Kaylon wartete nicht einmal auf Icaara und die junge Novizin, er betrat den Thronsaal an Tajanas Seite.

Oben am Fuss der Treppe lag die Krone aus Eis auf dem Thron. Maylin ließ die spezielle Eiskrone immer in diesem Saal, sie mochte die Kälte an ihrer Stirn nicht. Darin war sie der Mutter so ähnlich, dachte Kaylon.

MACHT DER KRONE

Kaylon sah die Eiskrone dort oben liegen. Ein Lächeln zierte sein Gesicht. Seine Schwester trug die Krone immer bei sich. Nicht immer auf ihrem Haupt. Aber nicht diese Krone. Diese Krone aus Eis, die aufgrund ihres Materials nur in der Feste von den Königinnen und Königen der Midwinter getragen wurde, wurde von Maylin ausschließlich in diesem Raum getragen.

Manchmal war man den Eltern doch ähnlicher als man glaubte. Dieses Stück hier war die eigentliche Krone der Midwinterfamilie. Das Original.

Der Erbe der Midwinter schritt die Treppe hinauf, als zwei Männer hinter dem Thron hervor traten. Einer davon war ein Elf.

„Lord Midwinter, kehrt um."

Kaylon ging eine weitere Stufe hinauf.

„Syre Correlian, Syre Schildbrecher, Gardisten der Krone, wem gehört Eure Treue?", fragte er die beiden. Ihre silbernen Plattenpanzer glitzerten.

„Nicht Euch, Lord Midwinter", antworteten ihm beide Gardisten wie aus einem Munde.

Die Antwort freute Kaylon. Denn er wusste, was diese Wortwahl bedeutete. Der Elf war Syre Corrilian, ein einstiger Sklavenbastard ohne nachweisbare elfische Familienangehörigkeit, den die Midwinter aufgenommen hatte. Sie hatten erkannt, dass er die Kräfte eines Hexers trug. Corillian war bereits seit Urzeiten Gardist. Elfen lebten lange und konnten somit lange dienen.

Bei dem Menschen handelte es sich um Syre Kellan

Schildbrecher, Sohn der ehemaligen Gardisten Kavin und Tallan Schildbrecher.

Kaylon wusste, dass Corrilian auch die Magie der Mondweber beherrschte. Diese Ritualmagie machte ihn aber nicht gefährlich. Dazu benötigten Mondweber für ihre Verzauberungen zu viel Zeit. Corrilian stellte zwar viele magische Artefakte für die Ehrengarde und die Familie Midwinter her, wie unter anderem auch Kaylons Rüstung und Schwert, die dieser von seinem Vater geerbt hatte, aber sein eigentlich Metier war die Hexerkunst. Hexerei wurde von Elfen als unnatürliche Magie bezeichnet und war unter ihnen bei Todesstrafe verboten. Gerade das hatte den Sklavenbastard, dessen väterliche Seite ihm wohl Menschenblut mitgegeben hatte, ermutigt, diese Kunst, die in ihm schlummerte, zu erlernen.

Hexer arbeiteten mit Symbolmagie. Corrilian konnte in der Luft Zeichen mit den Händen beschreiben, Symbole mit Farben, Blut, Erde oder irgendeinem Material zeichnen und Gegner verfluchen.

Symbole, die aufgemalt wurden, waren meist Fallen und lösten aus, wenn man sie betrat oder berührte. Diese Siegel nannte man daher passive Zauber. Flüche sind Verlaufszauber, denn der Betroffene leider in der Regel längerfristig an den Auswirkungen. Handzeichen in der Luft können Symbole auslösen, die sich ein Hexer vorher auf die eigene Haut aufbringen musste. Viele Hexer nutzen dazu feste Farben, die sich nicht von selbst lösten. Beschreibt ein Hexer dann dieses Symbol mit den Händen, erlischt es von seinem Körper und wird auf das gewünschte Ziel des Hexers geworfen. Es sind die aktiven Zauber eines Hexers. Corrilian war ohne Zweifel überall an seinem Körper mit Zeichen versehen. Er war ein Hexer, der sie akkurat prüfte und erneuerte, auch wenn er die Symbole nicht genutzt hatte.

Um die Flüche machte sich Kaylon wenig Sorgen. Selbst wenn sie Schaden verursachen würden, so würde sich dieser Schaden auf die Fluchdauer verteilen. Dies konnte viel Schaden sein, aber er würde dennoch vermögen mit seiner Wächterpartnerin, seiner Atrîsh Tajana, diesen Schaden zu kompensieren. Flüche waren sonst für die meisten Gegner ein hinterhältiger Todesstoß.

Kaylon sah keine Symbole auf der Treppe zum Thron, allerdings war dies kein Grund zur Freude. Er wusste, dass Correlian Techniken beherrschte, schwer sichtbare Zeichen an vielen Materialien anzubringen. Dennoch, am gefährlichsten waren die Aktivzauber des Elfenbastards.

Syre Kellan Schildbrecher zog den mächtigsten Bihänder, den man auf dieser Welt der Midwinter wohl vorzufinden vermochte. Die Schildbrecher hatten den Namen nicht einfach von ihren Ahnen übernommen, die Familie Midwinter hatte ihn einst ihrer Familie zugesprochen. Denn in ihrer Familie, bei Kellan war dies mütterlicherseits vererbt, sein Vater Kavin hatte den besonderen, von den Midwintern vergebenen Namen bei der Heirat angenommen, hatten die Angehörigen eine besondere Kraft. Es war keine direkte Magie, keine Feuermacht oder Blitze, die sie schleudern konnten. Es war pure Kraft. Kellan Schildbrecher brauchte bloß sein Schwert mit beiden Armen über seinen Kopf zu heben und zuzuschlagen. Ganze Truppenteile würden von der Erschütterung des Schlages dahingefegt werden. Er hatte bereits Häuser mit einem Schlag vernichtet. Druckwellen der Macht breiteten sich von seinem, von dem anderen Gardisten Correlian zusätzlich verzauberten

Schwert aus, die alles hinwegfegten. Es war eine Magie, die bereits in den Kindern dieser Familien schwebte. Sein Schwert hielt der Gardist nun kampfbereit. Kaylon dachte sich, dass der Mann hier vorsichtig zuschlagen musste, sonst würde er den Thronsaal in Stücke reißen.

Icaara und Inaa traten hinter dem Wächterpaar, dem Sha'anaar, ein.

„Soll ich ihn töten, Kaylon", fragte Icaara grinsend.

„Das wäre sicherlich ein schöner Anblick", kommentierte Kaylon.

„Sein Schwert darf den Boden nicht berühren, Icaara", fügte er hinzu. Sie grinste breit, auch wenn er dies nicht sehen konnte. Langsam stieg sie die Treppen hinauf.

„Was soll das, Lord Midwinter", tönte die dumpfe Stimme des menschlichen Syre, „Ihr wollte mir und meinem Schwert doch keine Elfe entgegenstellen?"

„Geht jetzt in Frieden, Lord Midwinter", verlangte der elfische Gardist erneut vom Erben der Krone. Inaa wollte Icaara folgen, aber Tajana hielt sie mit einer Handbewegung zurück. Tajana wusste um die Kräfte der Gardisten, dank dem, was Kaylon ihr erzählt hatte.

Kaylon machte einen weiteren Schritt nach oben. Dann hielt er inne. Icaara schlenderte nun langsam kurz vor ihm.

„Hm, vielleicht habt Ihr Recht, Syre Correlian", sagte Kaylon nachdenklich, „warum sollte ich den Frieden brechen, wenn zwei Elfen reichen. Kellan steht dort oben und traut sich der Elfe nicht entgegenzutreten. Und Ihr … Nun, ein Elfenbastard weiss genau, wie er sich einer reinen Elfe gegenüber zu verhalten hat. Nicht wahr?"

„Denkt Ihr, Ihr könnt einen Krongardisten jähzornig machen? Ihr enttäuscht mich, Lord Midwinter", meinte der

Elf ruhig, „Ich denke eher, Ihr traut Euch nicht die Treppe zu erklimmen, weil dort meine Symbole sein könnten."

Icaara hielt inne. Sie war mittlerweile ungefähr auf der Hälfte der Treppe angekommen.

„Sogar Eure Elfe hat nun Angst", fügte der Elf seinen Worten hinzu.

„Nein. Ich hielt sie nur zuvor nicht an, da Ihr sicher keines Eurer Zeichen auf dieser Hälfte der Treppe vorbereitet habt", meinte Kaylon, „Strategie der Midwinter war es schon immer, Gegner, die in den Thronsaal eindringen erst einmal auf die erste Treppenhälfte kommen zu lassen, bevor der Gegenangriff erfolgt."

Danach war der Plan, dass sich unten die Wände links und rechts vor der Treppe öffneten und Soldaten einströmten. Somit waren die Eindringlinge dann auf der Treppe einkesselt, wenn die Gardisten ihnen von oben den Garaus machten, bzw. die obere Hälfte der Treppe mit Fallen versehen hatten. Kaylon kannte diesen Plan. Immerhin hatte er die eigene Mutter hier angegriffen sowie die Verteidigungspläne von seinem Vater bereits in der Kindheit beigebracht bekommen.

„Und jetzt ist sie nah genug", bemerkte Kaylon, und Syre Schildbrecher sah sich plötzlich Icaaras Peitsche gegenüber, die sich um sein Schwert schlang und ihm die Waffe entriss. Er machte instinktiv noch einen Satz nach vorne um das Artefakt, dass er für seine Kraft benötigte und das gerade von der Peitsche weggeschleudert wurde, nicht zu verlieren.

Aber er verharrte nach einem Meter, denn ein Gardist tappt nicht so schnell in eine Falle. Kaylon wusste jetzt, dass sich direkt vor diesem Gardisten ein Symbol befand. Noch bevor sein Körper vollständig inne halten konnte, legte sich die

Peitsche in einem zweiten Schlag um seinen Hals und zog Syre Kellan Schildbrecher die Stufe hinunter.

Eine Wolke löste sich vom Boden und legte sich auf die Plattenrüstung des Gardisten der Krone. Ätzend wirkte sie auf das Metall, das aber viel aushielt. Doch Icaara war kräftig und zog weiter.

Der Schildbrecher löste ein weiteres Symbol aus und stand plötzlich in einer Lichtsäule, die bis zur Decke ragte. Sein Schreien war grauenvoll. Der Hexer vollzog mit seinen Händen eine komplizierte Bewegung in der Luft. Icaaras Körper zuckte, aber sie hielt ihn beherrscht und zog weiter an der Peitsche. Das nächste Symbol zog den Schildbrecher zu Boden und band ihn voller Gewalt an sich. Kellan versuchte, sich nach hinten zu schieben.

Syre Correlian löste ein weiteres Symbol aus, während Kaylon Inaa eine rasche Anweisung gab. Sie sprang los zu Icaara und zerrte an ihrer Druidenfreundin. Der Schildbrecher rutschte weitere Stufen hinunter, während bläuliches Hexenfeuer auf Icaara niederprasselte. Aber eine Atrîsh konnte viel Schmerz ertragen, dass wusste Kaylon.

Der Schildbrecher, der ohne eine Waffe, die er zu schwingen vermochte, seine besondere Fähigkeit nicht ausüben konnte, hatte erneut kein Glück und rutschte auf ein Symbol des Hexers. Noch während alle Muskeln des Gardisten zu krampfen begannen, griff Tajana an. Sie lief die Treppe hinauf, sprang ungefähr auf Icaaras Höhe ab, landete unsanft auf dem Schildbrecher und lief den Weg hoch, den Syre Kellan bereits unfreiwillig von Symbolen befreit hatte.

Nachdem Kaylon die untere Plattform verlassen hatte, glitten die Wände langsam auf. Soldaten strömten hinein und orientierten sich kurz.

„Ich hoffe, meine Schwester hat Euch berichtet, wer diese Elfen sind", sagte Kaylon, dabei begann er Tajana langsam zu folgen. Tajana hatte sofort nach Beginn des letzten Aktivzauberzeichens von Correlian den Aufstieg begonnen. Das bedeutete, das Zeichen mit dem Correlian gerade beschäftigt war, galt nicht Tajana. Dies verschaffte ihr Zeit um an ihr Ziel zu gelangen. Icaara sackte auf die steinernen Stufen, als sie erneut Hexerfeuer zu erleiden hatte. Anscheinend trug Correlian mehrere dieser Zeichen auf seinem Körper.

Das nächste Zeichen sollte er nicht vollenden. Tajana sprang ihn an. Einige der Zeichen auf seinem Körper lösten sich bei der Berührung. Weil sie klein waren und nicht durch ein in die Luft gezogenes Zeichen ausgelöst wurden, waren die Auswirkungen begrenzt, dennoch schrieen sowohl Tajana als auch der Hexer auf.

Kaylon ging schnell zu Icaara. Kein Soldat würde die obere Hälfte der Treppe betreten. Dort war die Zone, die ausschließlich die Gardisten verteidigten. Der Erbe der Midwinter sprang über das unbekannte Terrain, von dem sie nicht mit Sicherheit wussten, ob sich dort Zeichen befanden und schritt dann über die ausgelösten Symbole rasch nach oben. Tajanas Dolche bearbeiteten den Hexer. Der Erbe der Midwinter war an seinem Ziel und setzte sich. Dann schrie er.

„Stopp! Die Krone befiehlt."

DER KÖNIG DER MIDWINTER

Denn wer der Krone treu ist, wird der Krone dienen. Als Tajana von dem Hexer abließ und sich, selbst halbtot von den Auswirkungen seiner Siegel, aufrichtete, saß Kaylon im Thron. Die Soldaten auf der Plattform knieten nieder. Tajana blickte zu ihrem Velaai. Kaylon hatte sich selbst gekrönt. Nicht mit irgendeiner Krone. Mit der wahren Krone der Midwinter, der Krone aus Eis.

Seine Atrîsh kannte Kaylons Plan. Sie wusste, was er bezweckte. So hoffte sie. Starr sah sie zu ihm hinüber.

„Bitteschön, Kaylon. Die Eiskrone ist mein Geschenk an meinen Zwilling", flüsterte eine dunkle Frauenstimme in Kaylons Kopf.

„Ich wollte sie nie tragen", antwortete Kaylon still.

„Sieh es als einen Kompromiss", erwiderte die Stimme.

„Tajana, bitte heile den Hexer", bat Kaylon seine Atrîsh mit einem bittenden Blick. Inaa brauchte keine Aufforderung. Die Novizin schenkte ihrer Freundin bereits Kraft mit einem Kuss. Aminar trat in den Thronsaal. Sie sah nur wenig angestrengt aus.

„Ist es soweit?", meinte sie zu Kaylon, nachdem sie die knienden Soldaten erblickte.

Tajana heilte den Hexer, der sie verwirrt anblickte, als er wieder das Bewusstsein erlangte. Sie zog ihn hoch und schleuderte ihn so vor den Thron, dass Correlian Kaylon von unten sah.

„Vielleicht", sagte Kaylon zu Aminar in einem verschwörerischen Ton.

„Wem gehört Eure Treue, Syre Correlian, Gardist der

Krone?", stellte Kaylon die alles entscheidende Frage erneut. Es war eine zeremonielle Frage, die den Gardisten bei ihrem Eintritt in die Krongarde gestellt wurde. Die Antwort war vorgeschrieben.

„Nicht Euch, König Midwinter", flüsterte der Gardist Blut hustend.

„Wer gehört Eure Treue?"

„Der Krone", gab der Hexer die formelle Antwort. Die Ehrengarde war nur einer Sache verpflichtet. Denn wenn ein König ging, würde sie dem nächsten dienen. Sie schützten die Krone. Und somit den, der sie trägt. Bei den Truppen war dies anders. Sie würden ihre Loyalität vielleicht auch unter Maylin stellen, weil diese als Königin ernannt war und noch lebte. Aber die Ehrengarde war loyal zur Krone. Ausschliesslich. Die Soldaten auf der Plattform anscheinend auch. Dies hatte sicherlich damit zu tun, dass sie wussten, wer nun im Vorteil war.

„Entfernt Eure Siegel. Dann helft Syre Schildbrecher", befahl Kaylon und stand auf. Er nahm Tajana an die Hand und führte sie den Weg hinunter, den der Hexer vor ihnen von seinen Siegeln freigab. Bei Aminar stoppte das Wächterpaar, und Aminar gab ihr Bestes um ihrer Elfenschwester im Ring der Sha'anaar erneut Heilung zu schenken.

Nach wenigen Minuten, in denen die Krongardisten und sie selbst sich wieder sammelten und die Druidinnen die Ehrengardisten belebten und alle mit Kräften versorgten, brach die Gruppe auf. Kaylon trug die Krone, aber solange Maylin nicht starb, würden ihn nicht alle als König akzeptieren. Von einem Erben verlangte man, den Vorgänger zu töten.

„Wo ist Deine Schwester?", fragte Tajana ihren Velaai nach einer kurzen Besprechung.

„Sie ist noch nicht entscheidend. Erst sammeln wir den Rest der Ehrengarde und einige Ressourcen ein, die wir benötigen."

„Kaylon, ich töte Dich eigenhändig, wenn es Dir nur um diese Krone geht", warf Tajana dem Midwinter an den Kopf, aber sie schaffte es nicht, dabei ein Grinsen zu unterdrücken.

Kaylon rief die Ara'chid und gab dem Mädchen einige Anweisungen, bevor diese wieder verschwand. Dabei hatte ihn das Mädchen huldvoll angeblickt und voller Ehrfurcht betrachtet, wie er die Eiskrone getragen hatte. Icaara blickte der jungen Menschenfrau hinterher: „Ein besondere Waffe, die Kleine."

„Allerdings", dachte Kaylon. Der Todesorden war die beste Kaste innerhalb des Geheimdienstes des Kalten Steins. Er hoffte, dass die Ara'chid ihn wirklich gern mit der Krone sahen.

„Diese Schattenmörder wollen Dich wohl an der Macht sehen."

Der Velaai nickte Icaara zu, der es nach den Hexerattacken auch wieder besser zu gehen schien. Der Todesorden hatte seinen Vater verehrt. Sie waren so skrupellos wie der Rest des Geheimdienstes. Dennoch besaßen die Ordensmitglieder Prinzipien, die die Agenten des Kalten Steins niemals verstehen würden.

Syre Correlian, Syre Schildbrecher, die Spiegelkriegerin Syress Iwanoe und der Elementformer Syre Timothan umgaben Kaylon Midwinter, als sie alle durch die Gänge schritten. Der Lord Midwinter hatte die Krone fest auf seinem Kopf.

Auch die Soldaten, die den Thronraum hatten schützen sollen, waren bei ihnen. Bevor die Gefährten mit den Gardisten zu den Gastbereichen der Festung abbogen, überlegte Kaylon, die Soldaten zum Festungseingang zu schicken um dort sein Eintreffen abzuwarten. Aber er entschied sich dagegen. Seine Macht über die Soldaten war noch nicht gefestigt, es war besser, sie bei sich zu halten.

LOYALITÄT

Syre Rivella Karn sowie Syress Jalia, verstoßen aus der Elfenfamilie Vi'ananc, stellten keine Gefahr dar. Sie knieten vor der Eiskrone nieder und akzeptierten die ihnen gegebenen Befehle. Jalia sah beinahe erleichtert aus, Kaylon mit der Krone zu sehen. Auch unter den Gardisten gab es unterschiedliche Meinungen, wer der bessere Herrscher war. Kaylon hatte nur eine Meinung. Er wusste, dass Maylin eine gute Königin war. Sie war klug, durchtrieben genug für die seltsame Art der Politik auf Midwinter und verfolgte Ziele unerbittlich. Allerdings hatte sie ihren Bruder einfach nicht getötet.

Esanielle willigte schnell ein, ihre Truppen dem Midwinter, den sie einst auf dem Sklavenmarkt von Soho verkauft hatte, temporär zu unterstellen. Sie wirkte nicht beglückt, aber sie wusste, was zu tun war. So oder so wären ihre Truppen hier in der Festung keine ausreichende Kraft um zu entkommen. Und obwohl sie als Gast empfangen worden war, glaubte sie nicht daran, dass Königin Maylin Midwinter sie von dannen ziehen lassen würde. Zumindest nicht in Frieden. Vielleicht unterschätzten sie alle die Diplomatie der einstigen Lady Midwinter.

Gemeinsam mit den Elfenkohorten und dem Elfenschild, der Truppe aus den ehemaligen Rebellen, zog der selbstgekrönte Kaylon Midwinter zum den Pforten der Festung. Der lange Gang, durch den sie einst hergekommen waren, führte sie hinaus. Vor dem Gang trat die Ara'chid aus den Schatten.

„König Midwinter, Eure Schwester ist vor wenigen

Minuten vor die Pforten getreten und ruft die Truppen zu
Ordnung. Die Mondweber waren in ihrem Gefolge. Diese
Mondweber stellten sich mit dem Blick zur Festung verteilt
auf und starteten ein Ritual. Maylin Midwinter hat
wahrscheinlich mittlerweile das freie Gelände hinter der
dritten Wallmauer erreicht. Die Truppen sind angespannt.
Aber die Lage beruhigte sich wieder, nachdem die Späher
der einzelnen Truppen Eure Schwester sehen und sie als
Königin wahrnehmen."

Letzteres sagte die Ara'chid beinahe entschuldigend.
Kaylon dankte ihr nicht. Das war nicht notwendig. Sie war
eine Untergebene. Er führte seine Getreuen durch den Gang
und die Tore aus der Festung seiner Ahnen.

Dass seine Schwester mittlerweile außerhalb der drei
Mauern war, bedeutete, dass sie bereits die Truppen, die
ohnehin zur Festung gehörten, getroffen und ihnen
vermutlich Anweisungen gegeben hatte. Jetzt war sie
draußen vor den letzten Toren und machte ihren Einfluss bei
den eingetroffenen Truppen geltend, die Kaylon von den
Ara'chid aus der ganzen Welt herbeordert hatte.

Noch vor der ersten Wallmauer trafen der Midwinter mit
der Eiskrone und sein Gefolge auf die im Ritual versunkenen
Mondweber. Mehrere hundert Soldaten befanden sich in
dieser Region zwischen Festung und erster Wallmauer. Sie
bewachten momentan insbesondere die Mondweber und den
Eingang zur Festung. Aber nicht gegen Angreifer von außen,
sondern von innen.

„Sie will uns in der Feste einsperren", stellte Tajana
hasserfüllt fest. Ob dieser Hass am Anblick der Mondweber
lag oder Maylins Plan diese Wut bei ihr hervorrief, war
unbekannt.

„Es ist eine uneinnehmbare Festung. Sie wüsste uns sicher verwahrt", meinte Kaylon zu seiner Atrîsh. Er sah gleichzeitig, wie die formierten Truppen ihre Waffen zogen. Allerdings schienen die Soldaten unsicher. Diese Krieger sahen, dass Kaylon die Eiskrone trug. Und dass Ehrengardisten der Krone ihn schützten.

„Wir haben unsere Befehle, Lord Midwinter. Bleibt in der Festung", rief einer der Offiziere. Er lebte nur noch wenige qualvolle Augenblicke, bis ihn die Feuerkraft des Elementformers traf. Syre Timothan war wahrhaftig in seinem Element.

Kaylon Midwinter wandte sich lautstark an die Offiziere: „Ich bin König Kaylon Midwinter, gekrönt mit der einzig wahren Krone durch meine eigenen Hände. Die Garde ist der Krone Untertan und wird mich schützen."

Hinter ihm flüsterte Inaa zu Aminar: „Woher haben diese Weber hier ihre Kraft?"

Kaylon vernahm, wie Aminar antwortete: „Sie sind direkt mit Kaylons Schwester verbunden, die das Anaar jetzt in sich trägt."

Kaylon sprach weiterhin mit erhobener Stimme zu den lauschenden Soldaten: „Tötet die Mondweber."

Einen Moment lang ließ sich schwer einschätzen, was passieren würde. Allerdings waren die Kommandeure in den Armeen der Midwinter intelligent und gut ausgebildet. Sie wussten, was die Ehrengarde vermochte. Und Kaylon wäre in ihren Augen sicher kein schlechter König. Einer der Offiziere schrie: „Tötet die Mondweber. Der König hat es befohlen."

Das war ausschlaggebend. Die Soldaten schlachteten die Mondweber ab, und Tajana blickte beinah enttäuscht.

Aminar sammelte ein wenig Blut ein und eilte erst dann den anderen nach.

Inaa bemerkte: „Sie hören erstaunlich gut auf Kaylon."

An ihrer Seite tauchte überraschend die Ara'chid auf, die leise mehr zu sich selbst als zu Inaa sagte: „Kaylon Midwinter ist der Funken, der das Pulverfass namens Armee entzündet."

ZEIT DER GÖTTER

Mit den offiziellen Truppen der Midwinter an ihren Flanken, den sechs Krongardisten eng bei Kaylon und den Elfenkohorten und dem Elfenschild als Rückendeckung zogen sie durch die Region zwischen dem ersten und zweiten Wall und weitere Truppen schlossen sich ihnen an. Auch in dem Gebiet hinter dem zweiten Wall verhielt es sich so. Jeder der äußeren Ringe zwischen den Wallmauern fasste mehr Soldaten als der Ring davor. Auch die Tore wurden immer breiter. Durch das letzte Tor in der dritten Wallmauern konnten hunderte parallel laufen, und die Tore waren alle geöffnet. Maylin und Kaylon hatten beide ein gewagtes Spiel betrieben, das sich vor dem dritten und letzten Wall zuspitzte.

Die Soldaten der Festung, die zwischen den Wallmauern Stellung bezogen hatten, folgten nun Kaylon Midwinter. Die Truppen vor der äußeren Verteidigungslinie der Festung unterstanden Maylins Kommando. Die Königin trug ihre eiserne Krone und ritt auf einem Pferd, umgeben von der königlichen Leibwache. Sie hatte gerade die Einforderung der Treue dieser Truppen erfolgreich beendet. Aber Treue und Loyalität in diesen Zeiten sind eine zweifelhafte Basis. Kaylon wusste, dass die meisten Kommandeure dort draußen aufgrund seiner Forderung und dem Nachdruck der Ara'chid hier waren. Und wenn die Erinnerung dieser Offiziere durch Maylins Rede nicht zu getrübt war, so wussten diese noch, dass die Ara'chid gedroht hatten, ihre Familien auszulöschen.

Es war unklar, welche Truppen wirklich wem treu sein

würden. Aber für Kaylon war dies nicht so wichtig. Es ging nur um den Schein. Der Rest kam von allein.

Ein Kommandeur gab sein eigenes Pferd und das seiner Stellvertreter an Kaylon und seine Gefährtinnen. Der Midwinter mit der Eiskrone nahm das Reittier in Empfang. Sie trabten bedächtig auf den Platz vor den Toren. Die königlichen Gardisten schritten hinter ihnen her. Ihre Plattenstiefel erschütterten die Erde.

Das weite Eis war von den Truppen der Midwinter gefüllt. So große Armeen sah man selbst auf Midwinter selten beieinander. Dies stellte eine große Gefahr für die Welt dar, bedeutete es doch, dass man an manchen Orten nun schutzlos gegenüber einer Invasion war.

In Summe waren draußen sicherlich mehr Soldaten, als innerhalb der Wälle. Aber immerhin hatte Maylin es nicht vermocht, sie in der Feste einzuschliessen. Kaylon führte sein Pferd sehr langsam zu dem Reittier seiner Schwester. Er wechselte auf dem kurzen Weg noch wenige Worte mit den Elfen der Sha'anaar. Abschließend bemerkte Aminar vorsichtig: „Kaylon, Du weisst nun, wer ich bin, nicht wahr?"

Kaylon nickte und entließ kalten weißen Dampf aus seinem Mund. Diese Region war verflucht kalt.

„Meine Mutter ist sehr mächtig. Vielleicht mächtiger als die anderen."

„Ich weiss, Aminar. Es wird enden wie es enden muss."

„Wie muss es denn enden?", fragte Aminar mit einem seltsamen Unterton. Kaylon antwortete nicht. Er trieb seinen Hengst an und spurtete auf Maylin zu, die sich ihm stellte.

„Nicht schlecht, Bruderherz. Du bist doch noch aus der Feste gekommen. Ich musste Dich leider einschließen, nachdem Du nicht geflohen bist, sondern Dir die Eiskrone verschafft hast", bemerkte Maylin und sah mit Stolz auf ihren Bruder.

„Hast Du sie unter Kontrolle gebracht?", fragte Kaylon seine Schwester sanft. Beide wussten, dass er nicht die Truppen meinte.

„Natürlich. Denkst Du etwa, ich hätte das nicht durchdacht?", schmunzelte Maylin.

„Ich habe nicht wirklich gezweifelt. Aber ich kann Dich so nicht weitermachen lassen", sagte Kaylon und zuckte beinahe entschuldigend mit den Schultern, wobei seine Schulterpanzer sich hoben und senkten.

„Kaylon, ich trage alle Macht in mir. Alle Macht aller Welten", erklärte Maylin ihrem Bruder beinahe liebevoll und zärtlich, „Vergiss alle Lügen, gib mir einen freien, versöhnlichen, ehrlichen Kuss."

„Ich weiß, was Du in Dir trägst", bemerkte Kaylon ernst und traurig, „daher muss ich Dich hindern weiterzumachen."

„Vergiss was sie Dir beigebracht haben", Maylins Hand machte eine Geste mit der sie auf die Elfen bei Kaylon deutete, „Wir sind die Zukunft. Nicht sie. Sie haben einer Macht den Krieg erklärt, gegen die sie niemals gewinnen können. Eine Macht, die alles durchdringt und daher immer zurückkehren wird. Ein Macht die nun uns gehört, Bruder."

„Weißt Du Maylin", begann Kaylon, während er wahrnahm, dass die verbliebenen drei Gardisten sowie Tyrian Mailander hinter seiner Schwester standen, „ich habe nie verstanden, warum Du mich nicht getötet hast."

Maylin sah ihren Bruder an, als würde ihr Herz brechen, aber sie schluckte den Schmerz herunter und erklärte mit Engelszunge: „Weil Du mein Bruder bist, Kaylon. Ich habe

Dich in den Schlaf gewiegt, wenn Du Vater hinterher geweint hast, während er seine Nächte lieber bei Dirnen verbrachte. Ich habe Deine Wunden versorgt, wenn Du Dich bei Kampfspielen verletzt hast, während ich lieber Bücher studierte. Ich habe für Dich gelogen, wenn Mutter wieder einmal wütend auf Dich war und wissen wollte, wo Du Dich versteckt hast."

Kaylon sah zu den vier Gardisten hinter Maylin. Mit der Königin hier war die Frage der Treue noch einmal schwieriger. Er trug die Eiskrone. Aber sie trug hier auch eine Krone. Letztendlich war es wohl eher eine Entscheidung, wen der jeweilige Gardist für stärker hielt und bevorzugte. Bei der direkten Konfrontation der Geschwister war nicht vorhersehbar, wer welcher Seite loyal sein würde.

Aber der Träger der Eiskrone wusste etwas, dass seine Schwester nicht wusste. Sie sprach: „Kaylon, willst Du es wirklich darauf anlegen, dass wir die Armeen gegeneinander führen und hier ein Kampf entbrennt? Glaube mir, Bruder, mit der mir obliegenden Kraft kann mich nichts aufhalten."

„Wegen der Dir obliegenden Kraft muss ich Dich aufhalten. Ich bin vom Ring, wir", er machte eine Tajana einschließende Bewegung, „sind ein Wächter. Ein Sha'anaar wird das, was in Dir schlummert, immer und auf ewig bekämpfen."

„Warum nur, Kaylon?", sagte Maylin sehr enttäuscht klingend.

„Weil ich das Anaar sah. Ich kenne, was Du nicht kennst. Es kann einschmeichelnd und verführerisch sein. Aber es bleibt was es ist."

„Sie sind in mir und werden mich schützen. Sie schenken mir ihre Kraft", warnte Maylin ihren Bruder.

„Dann bestelle den Göttern, dass ich die Eine in mir trage."
Verwirrt blickte ihn seine Schwester an.

„Verstehst Du mich etwa nicht, Maylin?", Kaylon grinste breit, „Die Götter, die Du trägst werden es verstehen."

Es war als hätte Maylin einen inneren Disput, aber sie sah den Eiskronenträger weiterhin verwirrt an.

„Du weißt soviel, Maylin, aber nicht alles. Das hier kennst Du: als die Götter verdammt waren die Welten zu verlassen und in ihrem Gefängnis Platz zu nehmen, haben sie die Familie Midwinter verflucht. Sie wussten, dass kein Mensch jemals das Anaar berühren und überleben konnte. Es sei denn, er wäre ein Sha'anaar. Aber dann würde das Anaar, die peinigende Kraft, die Essenz die die Götter selbst darstellt und ihr Hass auf den anderen Part des Sha'anaar abfliessen. Auf einen Elfen. Die Götter hatten einen Plan, und brauchten lediglich Zeit um sie zu befreien. Und Götter haben endlos Zeit, mehr als die Elfen, die ihnen den Krieg erklärt hatten. Sie schufen die Gabe der Zwillinge, das Zwillingstheorem der Götter, und warfen sie auf die mächtige Familie der Midwinter, in der Hoffnung, dass einst ein Midwinter ein Wächter im Ring der Sha'anaar werden würde."

„Ich weiß das alles, Kaylon. Du hättest mehr Bücher lesen sollen, dann wärest Du vielleicht eher darauf gekommen. Die Götter selbst haben zu mir gesprochen, nachdem Du Deine seltsame Ausbildung im Ring beendet hattest."

„Seitdem wusstest Du, dass Du mich brauchst. Aber es war kein reiner Zufall, dass nur ich, nach einer Reihe unzähligen Zwillinge vor mir, dem Ring beitrat."

Maylin wurde hellhörig.

„Die Götter wollten sicher gehen, dass ihr Plan einst auch wirklich Erfüllung findet. Sie konnten nicht mehr viel in die

Wege leiten, aber sie konnten auf Ressourcen zurückgreifen, die bereits im Elmbund wandelten."

Maylin hing an seinen Lippen. Die Königin der Midwinter liebte Informationen über alles.

„Die Göttlichen Bastarde. Halbgötter oder Menschen mit Götterblut in ihrer Ahnenlinie. Je nach Stärke dieser Blutlinie, können die Götterväter oder Mütter mit ihren Nachkommen kommunizieren. Mit dem Schildbrecher", Kaylon deutete auf den Gardisten, „geht dies nicht, er ist zu viele Generationen von den göttlichen Ahnen entfernt. Aber er ist mit ihrer Kraft gesegnet."

Kaylon sah in Maylins Augen, dass für sie die Herkunft dieser Kraft neu war. Sie murmelte in der Erkenntnis: „All diese, als magisch erachteten Fähigkeiten mancher Menschen, sind göttlicher Natur."

„Nicht reine Magie, wie bei Hexern und dergleichen. Aber Fähigkeiten wie die der Spiegelkriegerin und des Schildbrechers."

„Wenn Kellan zu viele Generationen entfernt ist, ist dies heute wohl jeder Mensch seit der Verbannung der Götter."

„Ja, aber manche hören noch den Aufruf der Götter und wandeln als Propheten oder behaupten der Sohn Gottes zu sein, ohne wirklich direkte Nachfahren zu sein."

Kaylon bemerkte, wie auch die Gardisten aufmerksam an seinen Lippen hingen. Maylin übernahm allerdings nun das Wort: „Und Deine Begleiterin Aminar ist eine direkte Tochter einer Göttin. Als Halbgöttin und Elfe lebte sie lange genug um heute hier zu stehen. Sie hat den Plan der Götter auf der Welt vorangetrieben", lächelte Maylin.

„So dachten es die Götter."

Maylin verlor ihr Lächeln.

„Aber Aminars Mutter hat andere Pläne, als der Rest der Götter. Sie gönnt den Sterblichen die Freiheit."

Maylin gab den Gardisten hinter sich einige Handzeichen ohne sich dabei umzudrehen. Tyrian sah in Kaylons Augen.

„Wer ist ihre Mutter?", fragte Kaylons Schwester.

„Ihre Mutter ist die Frau des Zorns und die Cousine der Liebe. Sie ist die Schwester der Lust und die Tante der List."

Maylin wusste, dass ihr Bruder dabei von Göttern sprach. Die Stimmen in ihr wurden lauter und aufgeregter.

„Aminars Mutter wird unter vielen Namen Eisla genannt."

Maylin erbebte.

„Und wie Du viele Götter, trage ich sie in mir!"

Maylins riss einen Arm hoch und ihre Armeen marschierten. Hornstöße drangen von den Wällen und die Armeen der Festung setzen sich in Marsch. Die drei Gardisten und die Leibwachen hinter Maylin machten sich kampfbereit, ebenso die sieben Gardisten auf Kaylons Seite. Tyrian Mailander blieb entspannt, aber Kaylon wusste, dass sich sein entfernter Cousin nicht vorbereiten musste.

„Kaylon, weiche. Du trägst nur eine Göttin, ich viele."

„Aber wir sind ein Wächter", bemerkte Kaylon.

„Deine Atrîsh ist ausgelaugt. Sie kann nicht zweimal gegen das Anaar antreten."

„Das muss sie nicht."

Kaylon gab seinem Pferd die Sporen und es sprang auf Maylin zu. Tyrian Mailander ließ seiner Kraft freien Lauf. Der mächtigste Gardist war ein Beschwörer. In Bruchteilen eines Momentes wurde der Boden an zahlreichen Stellen aufgerissen und unbeschreibbare Dämonenwesen drangen aus der Hölle. Ihre stinkende Aura vermochte zu töten, ihre Zähne zu zerfleischen, ihre Pranken zu vernichten. Tyrian

Mailander musste nicht kämpfen. Ganze Armeen aus abscheulichen Alptraumwesen kämpften auf seinen Ruf hin für ihn. Er war der Beschwörer unter den Gardisten. Seine riesigen Dämonen hatten Alturien unter ihren Füssen zermalmt.

Kaylon berührte seine Schwester und spürte das Anaar. Er sah das Lächeln seiner Göttin, die ihn mit Freude und Frieden füllte. Es war eine dunkle Göttin. Denn in der Dunkelheit des Schlafes konnte man Trost und Geborgenheit finden. Der Hass der Götter, die Kraft, die Macht floss durch Kaylon. Seine Atrîsh konnte sie nicht aufnehmen, sie war zu geschwächt. Tajana kämpfte vom Pferd aus gegen die Gardisten, die sich gegen Kaylon stellten. Kaylons Geliebte musste gegen dieses Anaar nicht als Wächterpaar antreten. Sie hatte bereits eine Vertreterin. Eine Elfe, die seit ewiger Zeit für diesen Augenblick trainiert hatte. Die ungebändigte Kraft trug, weil sie ihr Leben lang auf ihren Einsatz gewartet hatte. Icaara fiel vor Schock von ihrem Pferd. Sie hatte gewusst was geschehen würde, sie hatte Jahrhunderte dafür trainiert. Dennoch war dies nichts, für das sie jemals hätte bereit sein können. Die Pein schlug sie, die Höllenqualen durchzogen sie, und der Hass verbrannte sie.

Aminar ritt den angreifenden feindlichen Truppen entgegen. Die verbündeten Gardisten entfesselten ihre Kräfte. Bald würden die Truppen aufeinander treffen.

Doch was sie auch immer zu ertragen hatte, Icaara schützte Kaylon. Das Anaar floss ab. Maylin kreischte, doch sie war nicht fähig sich zu bewegen. Der Aufruhr der Götter in ihr ließ ihren Körper verkrampfen.

Die Dämonen schrien unvorstellbare Laute des Hasses in die eisige Luft. Sie orientierten sich. Der Druide Rammayan

Di'andar und Esanielle Vi'landor führten ihre Truppen in die Schlacht.

Syre Correlian, Hexer und Mondweber, ritt auf die Kaylon gegenüberliegende Seite von Maylin. Er begann zu weben. Inaa blieb nah bei Icaara. Die Dämonen wandten sich den angreifenden Armeen zu und beschützten damit die Festung. In diesem Moment ließen die drei Gardisten vom Kampf mit Tajana ab. Keiner von ihnen hatte seine besonderen Fertigkeiten eingesetzt.

Irgendwann löste sich Kaylons Griff, und er fiel erschöpft aus dem Sattel. Tajana war rasch an seiner Seite und kümmerte sich um ihren Velaai. Sie half ihm, sich aufzurichten und zog Maylin Midwinter von deren Pferd. Correlian stellte das Weben ein. Beinah fester Dampf drang aus dem Mund des schwer atmenden Kaylon. Correlian sprang von seinem Pferd und zog Kaylons Schwert, das er diesem reichte. Kaylon ließ seine Hände von Tajana um den Schwertgriff legen.

Zeitgleich mit der Stimme in Kaylons Inneren rief Tajana ihm durch die dichten Nebel der Nachwirkungen des Anaars zu: „Bring es zu Ende!"

Statt den Bihänder wie angebracht in einem Hieb zu führen, stieß Kaylon die Spitze durch den dicken Pelzmantel in Maylins Herz und tötete seine Schwester. Die Gardisten halfen ihm den Leichnam auf sein Pferd zu legen und begleiteten König Kaylon Midwinter, als er zu allen Truppen ritt und ihre Treue einforderte. Die geschlagene Schwester, die Ehrengardisten und die Dämonen machten es einfach, den Treueschwur zu erneuern. Wem sonst sollte ihre Treue gehören?

EPILOG

Nachdem er seine Runde beendet hatte, ritt Kaylon auf direktem Weg zu seiner Atrîsh Tajana. Er sprang vom Pferd und kniete vor ihr nieder: „Meine Atrîsh, geliebte Tajana. Belebe sie."

Der frisch bestätigte König deutete auf seine Schwester. Kühl und mit hochgezogenen Augenbrauen blickte ihn die erschöpfte Atrîsh an: „Kaylon?"

„Ich wollte nie die Krone. Bitte belebe sie."

Es war noch ausreichend Zeit, und Tajana rief Aminar zur Hilfe. Die Tochter der Einen lieh Tajana Macht, und Maylin Midwinter wurde das Leben wieder geschenkt.

„Warum?", fragte Maylin mit Tränen in den Augen, als sie vor Kaylon an dessen Thron kniete.

„Du bist meine Schwester. Und Du hast nicht versucht mich zu töten, nachdem Du mich nicht mehr benötigtest. Und Du hast mich vor meinen Träumen beschützt, als wir noch Kinder waren", flüsterte Kaylon. Dann sprach er laut: „Und somit bestimme ich, König Kaylon Midwinter, dass meine Schwester Maylin Midwinter in meinem Namen als Regentin die Verwaltung dieser Welt vornehmen wird."

„Es endete, wie es enden musste", sagte Kaylon erneut, als ihn Tajana liebevoll bedrängte.

„Wie musste es denn enden?", stellte Tajana die Frage, die vorher bereits Aminar gestellt hatte.

„Mit mir als König. Mit einem neuen Anfang", antwortete Kaylon, „Und nun lass uns schwimmen gehen."

‹HTTP://WWW.OLIVER-SZYMANSKI.DE›

AUSZUG WEITERER ROMANE

AUS DER REIHE: DER DEUTSCHE
NYC 9.11. Der Plan danach

AUS DER REIHE: UNDERWORLD'S CHILDREN
Nacirons Vampire: Sakrileg
Nacirons Vampire: Blutlinie
Nacirons Vampire: Himmelfahrt

AUS DER REIHE: WHODUNIT
Liebesakt

AUS DER REIHE: EUROPEAN DIVISION
Tote Träumer
Tote Helden
Tote Seelen
Tote Seraphim

AUS DER REIHE: AKADEMIA ARKANIA
Der Sohn des Wolfgängers

AUS DER REIHE: MIDWINTER CHRONIKEN
Die Elfen der Sha'anaar
Die Götter der Elfen